Энн Порридж, Вик Порридж

ИМЕНЕМ КОРОЛЕВЫ

роман

перевод с английского

Dragonwell Publishing

Cover art and map by Olga Karengina and Sergei Karengin

Published by Dragonwell Publishing
www.dragonwellpublishing.com

ISBN 978-1-940076-07-2

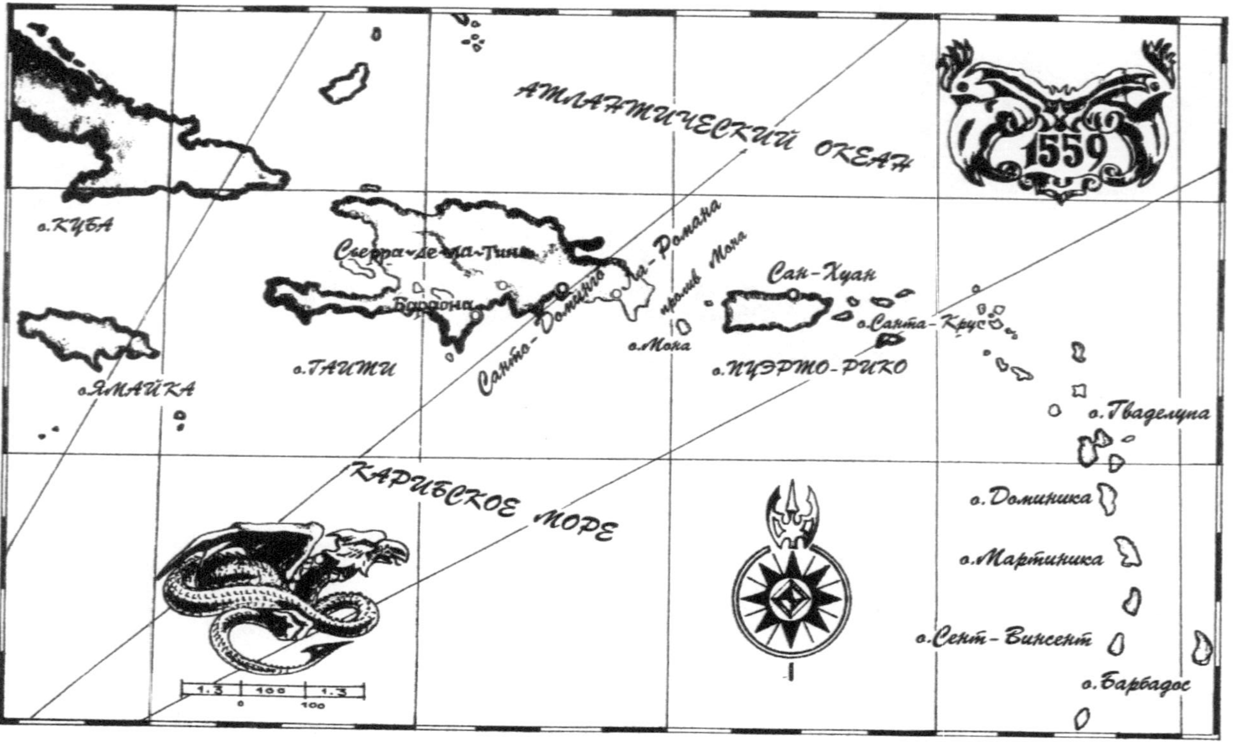

АТЛАНТИЧЕСКИЙ ОКЕАН
1559
о.КУБА
о.ЯМАЙКА
Сьерра-де-ла-Тина
Бараона
о.ГАИТИ
Санто-Доминго
Ла-Романа
пролив Мона
о.Мона
Сан-Хуан
о.Санта-Крус
о.ПУЭРТО-РИКО
о.Гваделупа
о.Доминика
о.Мартиника
о.Сент-Винсент
о.Барбадос
КАРИБСКОЕ МОРЕ
1.3   100   1.3
0   100

Глава 1

Леди Анна Гринфилд попросила капитана "Голден Лайон" доставить ее с корабля прямо к губернатору острова Гаити дону Кристобалю де Монкада. Город Санто-Доминго, представлявшийся ее воображению полудиким захолустьем, отличался от городов южной Европы только отсутствием толпы на улице. В прохладной полутемной приемной губернатора она могла и вовсе забыть, что находится в тропиках. Дон Кристобаль, высокий худощавый дворянин, казалось сошедший с придворных портретов Веласкеса, приветствовал ее с вежливо-откровенным восхищением и столь же вежливо скрываемым интересом.

Оба эти чувства были вполне оправданы. В Вест-Индии не так уж часто появлялись приближенные английской королевы. А леди Гринфилд, кроме того, нельзя было не назвать красавицей. В ней поражало то сочетание взаимоисключающих совершенств в котором, как уверяют ученые, лежит секрет очарования великих произведений искусства.

Контрасты ее характера были отражением контраста тех условий, в которых протекала ее жизнь. Ее мать, младшая дочь лорда Сесиль, была близкой подругой Анны Болейн. Они вместе учились в академии при французском дворе. Молодая леди Сесиль вернулась из Франции чтобы быть подле своей подруги в бурные годы, предшествовавшие ее свадьбе с Генрихом VIII. Обладая кротким нравом и, может быть, даже чрезмерной скромностью, леди Сесиль не навлекла на себя всеобщей ненависти, когда стала крестной матерью принцессы Елизаветы. Со спокойным мужеством она осталась верна королеве во время несправедливых обвинений в неверности, закончившихся казнью Анны в 1536 году, всего через три года после ее свадьбы. Не желая больше оставаться при дворе, леди Сесиль в том же году уехала в провинцию и там вышла замуж за графа Гринфилд, старого приятеля своего отца. Через четыре года в ее жизни появилась настоящая радость—дочь, которую она в честь подруги назвала Анной. Еще через год граф скончался и Анна осталась целиком на попечении графини Гринфилд.

Для матери она была тепличным растением, которое надо ограждать от малейших трудностей. Однако, мать дала ей разностороннее образование и помогла развить природные музыкальные способности. К несчастью, когда Анне было двенадцать лет, графиня Гринфилд скоропостижно скончалась и Елизавета, выполняя ее предсмертную просьбу, взяла Анну на воспитание. Юная Леди Гринфилд была неожиданно перенесена в атмосферу бурной придворной жизни.

Это был последний год царствования болезненного короля-подростка Эдуарда VI. Протестанты строили заговоры против старшей сестры короля католички Марии, законной наследницы престола. Католики ждали малейшего повода чтобы уличить Елизавету в заговоре и отправить на эшафот, обезглавив тем самым протестантское движение. Однако Елизавета на оправдала их надежд, оставшись верной идее наследования престола по старшинству. Она вошла в Лондон вместе с королевой Марией, чтобы поддержать ее против партии Нортумберленда, захватившей престол на девять дней от имени леди Джейн Грей. Может быть, только это и спасло Елизавету, когда протестантские лорды Куртни и Уайятт подняли восстание от ее имени и испанский посол требовал ее казни как условия брака Марии с Филиппом II.

Тринадцатилетняя леди Гринфилд оставалась при Елизавете во время ее заключения в Лондонском Тауэре и в течение последующих четырех лет ссылки в королевском поместье Вудсток. Атмосфера невзгод и опасностей воспитала в ней качества бойца и для этого трудно было найти лучший пример, чем Елизавета.

Трудно было найти и лучшую наставницу. Елизавета говорила на шести языках и хорошо читала по латыни и гречески. Она страстно увлекалась охотой и достигла большого совершенства в стрельбе из лука, танцах и музыке. Неудивительно, что в леди Гринфилд нашли сочетание крайние противоположности: хрупкая женственность и ловкость хорошей наездницы, впечатлительная нежность и мужественная самостоятельность, спокойная уверенность провинциальной аристократки и внутреннее напряжение придворной бурного английского двора середины XVI века.

Дон Кристобаль развернул рекомендательное письмо, украшенное гербом испанского посла в Англии. Посол просил позаботиться о графине Гринфилд, которой врачи прописали тропический климат для поправления здоровья.

Собственно говоря, приезд леди Гринфилд не был неожиданностью для дона Кристобаля. Неделю назад он получил от тайного совета Испании предписание обратить внимание на леди Гринфилд, приближенную королевы Елизаветы, прибывающую в Вест-Индию под сомнительным предлогом перемены климата.

Еще раз для виду пробежав глазами письмо, дон Кристобаль обратился к прекрасной гостье с изъявлениями восторга по поводу ее прибытия в Санто-Доминго. Он предоставил в ее распоряжение дом с прислугой и охраной и через час леди Гринфилд с сопровождавшими ее слугой и служанкой водворилась в небольшом двухэтажном особняке. Из его окон можно было видеть гавань, за которой простиралось казалось бы бескрайнее Карибское море. Трудно было поверить, что это—всего лишь пятнышко на карте огромного Атлантического океана, отделившего ее от Англии, еще меньшего пятнышка на той же карте. Леди Гринфилд невольно подумала, что это крошечное пятнышко, до сих пор составлявшее весь ее мир, бесконечно сложный, бесконечно большой, бесконечно прекрасный, бесконечно грустный, кажется людям вокруг нее всего лишь островком где-то далеко за пределами их мира. И сразу же ее мысли вернулись к Англии и к королеве Елизавете, что для нее было почти одно и то же, и Карибское море снова стало всего лишь местом, где она должна выполнить свою миссию.

Подозрения тайного совета Испании были справедливы. Цель приезда леди Гринфилд не имела ничего общего с поправлением здоровья, которому можно было только позавидовать. Ее приезд был результатом событий, разыгравшихся в Тауэре пять лет назад, в 1554 году, когда Елизавета была пленницей своей сестры Марии и ждала приговора по обвинению в государственной измене. Все происшедшее за эти несколько месяцев глубоко врезалось в память тринадцатилетней Анны и сейчас сцены вспыхивали в ее сознании одна за другой.

—"...Мадам Елизавета отправляется сегодня в Тауэр, как говорят, беременная, потому что она—легкомысленная женщина, какой была и ее мать. Когда она умрет, как и Куртни, в королевстве не останется никого, кто бы оспаривал корону и беспокоил королеву..."—Елизавета прочла вслух это письмо испанского посла ровным спокойным голосом и только слегка сжала плечо маленькой Анны, стоявшей рядом с ней.

—Что вы можете сказать, сестра?—спросила королева Мария. Кроме двух сестер и маленькой Анны в комнате никого не было.

—У меня есть лишь одна просьба, Ваше Величество.

—Говорите.

—Пусть меня казнят мечом, как и мою мать.

—Значит ли это, что вы виновны?

—Не более, чем моя мать.

—Мне хочется вам верить, сестра. Я буду молить Бога, чтобы он указал мне правильный путь.

Когда Мария вышла, Елизавета упала в кресло и силы на мгновение оставили ее. Но когда маленькая Анна бросилась ей на помощь, Елизавета уже справилась с собой. Она улыбалась, и только руки ее слегка дрожали.

Королева Мария пошла на компромисс. Обвинения в адрес Елизаветы не состоялись, но она осталась в Тауэре. Правда, ее содержали с меньшими строгостями, разрешив принимать посетителей и даже коротать время в трактире Тома Мак-Уордена напротив ворот Тауэра. В ее стражу были добавлены испанские офицеры, что могло бы показаться невыносимым, если бы один из них, дон Фернандо Родригес де Леон, не оказался великолепным шахматистом.

Положение Елизаветы оставалось отчаянным. Ее окружение растаяло. Большинство тех, кто его составлял, от нее отступились, опасаясь гнева королевы и подозрений испанцев. Тех, кто остался ей верен, не допускали к ней за немногими исключениями. К тому же в любом знатном англичанине, появлявшемся перед ней, она могла ожидать вестника из Палаты Лордов, который позовет ее на такой же суд, как тот, что приговорил к смерти ее мать, а в любом друге она боялась видеть будущего свидетеля, которого под пытками заставят подтвердить ее вину. В этом положении игра в шахматы с доном Фернандо стала для нее таким же утешением, каким для других узников бывает уход за цветком в углу тюремного дворика или пение птицы за окном. Они с доном Фернандо проводили часы за труднейшими шахматными комбинациями, забыв обо всем окружающем, и приходилось только удивляться, что протестантская принцесса находит столько удовольствия в обществе испанского офицера.

Говорят, что лучше всего узнаешь человека, когда видишь его взгляд через забрало, обмениваясь ударами меча. Борьба сближает противников. Об этом пели менестрели и рассказывали сочинители рыцарских романов. И неудивительно, что Елизавета вскоре обнаружила, что шахматные поединки с доном Фернандо занимают не только ее ум, но и сердце. Конечно, ее разговоры с доном Фернандо касались только шахмат. Их разделяла двойная стена постоянного надзора и разницы в положении. Эта стена неожиданно для Елизаветы пошатнулась во время шахматной партии.

Все шло как обычно. Сэр Томас Болдуин, глава английской свиты, как вежливо назывались ее тюремщики, пододвинул ей кресло. Кивком головы она приказала дону Фернандо сесть напротив. Подали шахматную доску с расставленными фигурами.

—Сегодня вы играете белыми, капитан.

—Как будет угодно Вашему Высочеству.

Некоторое время игра проходила в молчании. Дон Фернандо постоянно путал ходы. Раньше с ним этого никогда не случалось. Елизавета нахмурилась.

—Вы сегодня рассеянны, капитан.

—Напротив, я никогда не был так внимателен, Ваше Высочество.

Еще через несколько минут белая королева сделала ход вопреки всем правилам.

—Что это за ход?—спросила Елизавета. Ее тон был как всегда вежливо-равнодушен и никто из свиты не пробудился от полудремы.

—Я не вижу другого выхода спасти королеву.

Доска вдруг осветилась для Елизаветы как будто вспышкой молнии. Она узнала план башни Тауэра и поняла, что дон Фернандо предлагает ей побег. Ее сердце сильно забилось, но она нашла в себе силы спокойно проанализировать отчаянный замысел.

—Вы только ускорите поражение,—по-прежнему равнодушно заметила Елизавета. Столь же неправильным ходом она сняла с доски белого слона и, как бы в задумчивости, на секунду приложила его к щеке. Затем она быстро поставила фигуру на место.

—Как видите, ваша жертва бесполезна. Измените ход.

Однако, по взгляду своего противника она поняла, что последние слова пропали для него даром. Его глаза были прикованы к той фигуре, которая только что коснулась щеки принцессы.

Гордость не позволила Елизавете оставлять его в этом приятном состоянии.

—Вы проиграли,—сказала она и смешала фигуры.

Насколько незаурядными личностями были оба участника этой сцены видно из того, что для бдительных взоров окружавших Елизавету шпионов эта буря прошла незамеченной.

Вечером того же дня Елизавете доложили о приходе адмирала лорда Ричарда Болдуин. Она приняла его в трактире Тома Мак-Уордена, где обычно проводила вечера.

Адмирал Ричард Болдуин был старым приверженцем ее отца, одним из первых протестантских лордов Англии. Он занимал должность, которую теперь бы назвали военно-морской адъютант короля. От имени короля он наблюдал за строительством Большого Гарри—самого крупного военного корабля того времени, семипалубного, неслыханным водоизмещением в полторы тысячи тонн. Генрих VIII твердо решил, что английский флот должен главенствовать в проливе и требовал от своего адьютанта рапортовать до малейших деталей "как движется каждый корабль". При Марии сэр Ричард впал в немилость и находился под подозрением. Он укрылся в своем имении. Однако, он поспешил выразить преданность попавшей в беду дочери своего повелителя, хотя один только приезд в Лондон мог оказаться для него роковым.

Елизавета была привязана к старому моряку, рассказы которого положили начало ее интересу к военному флоту и заокеанским владениям. Поэтому, когда адмирал появился на пороге в сопровождении мальчика лет пятнадцати, Елизавета радостно встала ему навстречу.

—Какой ветер занес вас к бедной узнице, адмирал?—спросила она.

—Я пришел засвидетельствовать верность и почтение Вашему Королевскому Высочеству.

Свита не успела изумиться дерзости этих слов, как адмирал, сделав шаг вперед, опустился на одно колено. По комнате прошел шорох. Королевские почести, оказываемые пленной протестантской принцессе, в те дни были равносильны государственной измене.

"Старик погиб. Имение мое!"—подумал племянник адмирала сэр Томас Болдуин.

Сердце Елизаветы болезненно сжалось.

—Встаньте, сэр Ричард Болдуин,—сказала она необычайно мягко.—Вы проделали долгий путь. Выпьем грогу за здоровье моей сестры и нашей королевы!

Трактирщик по знаку начальника стражи принес поднос с бокалами. Адмирал заметил, что трактирщик не опустился на одно колено, подавая Елизавете бокал, и понял свою ошибку, однако старый моряк не испытал ни страха ни сожаления.

—Сядьте и расскажите мне о своих странствиях, адмирал,—сказала Елизавета, опускаясь в кресло.

Разговор не завязался—каждого из собеседников одолевали грустные мысли.

Когда Елизавете настала пора возвращаться в Тауэр, адмирал попросил разрешения удалиться.

—Этот мальчик ваш сын?—спросила Елизавета, указывая на спутника адмирала, скромно стоявшего у стены.

—Приемный, мадам. Это сын моего старшего офицера, погибшего у Барбадоса.—Адмирал не добавил "в перестрелке с испанцами", но присутствующим было это ясно.

"Старик не упустит случая затянуть на шее еще одну петлю,"—подумал племянник.

—Подойдите, сэр,—сказала мальчику Елизавета.

Мальчик подошел и опустился на одно колено по примеру адмирала.

—Как ваше имя?—спросила Елизавета.

—Ричард Нортон, Ваше Королевское Высочество,— сказал мальчик твердым голосом.

—Да хранит вас бог!—сказала Елизавета и подала знак к возвращению в Тауэр, чтобы не дать адмиралу и его воспитаннику скомпрометировать себя еще сильнее, если это было возможно.

События этого дня потрясли Елизавету больше, чем они того заслуживали. Это не покажется странным, если вспомнить, какие невзгоды обрушились на голову двадцатилетней девушки, унаследовавшей не только гордость, но и необузданность Тюдоров. Ей пришлось молча снести оскорбление, автор которого при жизни ее отца мог надеяться разве что на быструю смерть. А сейчас он требовал ее казни и она находилась в том самом Тауэре, где была казнена ее мать и десятки людей, которых она знала с детства. Выражение преданности, которое раньше окружало ее как воздух, могло теперь погубить тех, кто сохранил ей верность, как старый адмирал, в глазах окружающих уже обреченный. Наконец, она каждую минуту опасалась, что протестанты Англии поднимут восстание в ее защиту, а заодно и в защиту захваченных ими монастырских земель, и по ее вине повторятся ужасы войны Алой и Белой Роз.

В смятении Елизавета обратила свои мысли к дону Фернандо, казавшемуся ей единственной опорой в ее заточении. Готовность молодого испанца пожертвовать собой для спасения низложенной английской принцессы, к тому же протестантки, нашла горячий отклик в ее душе. Никогда не страдавшей недостатком воображения Елизавете счастье с доном Фернандо показалось единственной реальностью, а мысли о королевском величии—призрачными, как надежда улететь из Тауэра. И, не задумываясь о последствиях, она взяла в руки перо—страшное орудие, которым государи с незапамятных времен навлекали на себя гибель.

"Милорд! Обрушившиеся на меня несчастья заставляют меня забыть не только то положение, в котором я нахожусь по праву рождения, но и достоинство благородной девушки. Я готова стать Вашей женой, отрекаясь тем самым от своей веры, от своих прав наследования и от своего долга перед единоверцами Англии. Не сочтите меня предательницей—мое существование только внушает им несбыточные надежды, навлекает на них подозрения королевы и может в любую минуту толкнуть их на непоправимый шаг. Я вручаю вам свою судьбу и прошу только немедленно после венчания увезти меня из Англии, где после моего отречения у меня не останется больше ни друзей, ни приверженцев.

Вы, может быть, единственный, кто не осудит преданную Вам
Елизавету Тюдор."

Не перечитывая, Елизавета сложила письмо и, не имея воска для печати, заколола его булавкой, вынутой из корсажа.

Это письмо было самым отчаянным поступком в ее короткой жизни. Теперь ей предстояло совершить самый трудный поступок—находясь под непрерывным наблюдением, незаметно передать письмо офицеру испанской охраны. В эту решительную минуту деятельный ум не изменил ей. Она снова взяла перо и без колебаний написала второе письмо, сложив его точно так же как первое. Затем Елизавета позвонила в колокольчик и приказала тотчас появившейся служанке позвать леди Гринфилд. Через несколько минут вбежала маленькая Анна. Встревоженная вызовом в неурочное время, она неплотно прикрыла за собой дверь, но взволнованная Елизавета этого не заметила.

—Что прикажете, мадам?

—Я продиктую вам список книг, которые хочу получить завтра. Передайте его дону Фернандо Родригес де Леон. Из моей стражи только испанцам разрешено выходить из Тауэра.

—Повинуюсь, мадам.

—Заодно отдайте ему вот это. И незаметно, если вам дорога моя жизнь.

Леди Анна села за стол и под диктовку Елизаветы написала список круглым детским почерком. Поднявшись из-за стола, она взяла список в руки, а письма спрятала за корсаж.

—Постарайтесь хорошо выполнить мое поручение. Мне здесь не на кого больше положиться.

—Я—ваша верная подданная, мадам.

—Мы обе—верные подданные королевы Марии, дитя мое. Ступайте.

В дверях леди Анна столкнулась с сэром Томасом Болдуин, однако, зная, что подслушивание недостойно дворянина, она ничего не заподозрила.

Комнаты, где располагались испанцы, могли бы послужить энциклопедией жизни придворной охраны. Офицеры играли в кости, упражнялись в фехтовании, потягивали испанское вино из кружек для шотландского эля, ругали денщиков, сплетничали о начальниках, хвастались приключениями в городе и строили планы женитьбы на богатых английских наследницах. Некоторые спали, положив голову на стол или растянувшись на грубых деревянных скамьях.

Никого не удивило, что приближенная Елизаветы попросила часового вызвать к себе дона Фернандо, не отважившись переступить границу Испании, как втихомолку называли англичане помещения, занятые этими добрыми католиками.

Тотчас появившийся дон Фернандо почтительно поклонился.

—У меня к вам поручение от Ее Королевского Высочества,—сказала Анна, перенявшая от своей матери манеры первой фрейлины королевы.

—К вашим услугам, миледи. Не угодно ли вам пройти сюда?

Никого не удивило, что поручения принцессы принимаются не в коридоре, а в комнате начальника охраны.

—Эти книги нужны леди Елизавете завтра.—Анна протянула ему список и, убедившись, что их никто не видит, вложила ему в руку два письма Елизаветы. Дон Фернандо не успел и пошевелиться, как она уже выскользнула из комнаты.

Ошеломленный дон Фернандо едва успел прочесть и спрятать письма, как в комнату вошли начальник испанской стражи дон Родриго д'Альманса и сэр Томас Болдуин.

Дон Фернандо отдал честь своему начальнику, потом с холодной испанской вежливостью поклонился сэру Томасу. Это был тот обмен взглядами, после которого люди становятся смертельными врагами до конца жизни. В глазах сэра Томаса светилось столь злобное торжество, что у дона Фернандо не осталось сомнений, кому он обязан смертельной опасностью, нависшей над Елизаветой, над ним и над всей Англией.

Дон Родриго д'Альманса не любил лишних слов в разговоре с подчиненными, хотя для начальства и тем более для особ королевской крови он всегда находил нескончаемые цветистые обороты. При дворе он славился своей начитанностью и умением при случае щегольнуть цитатой из какой-нибудь литературной новинки. Большой успех имели его переводы "Неистового Роланда" Ариосто и появившейся всего два года назад поэмы Ронсара "Любовные приключения Кассандры". Переводы были написаны изящным слогом и с большим литературным вкусом. Однако, сейчас он, казалось, решил обойтись вовсе без слов.

Он молча протянул руку и дон Фернандо вложил в нее список книг. Дон Родриго пробежал список глазами, в которых зажегся огонек интереса. Выбор Елизаветы явно вызвал его одобрение. На листе бумаги круглым детским почерком Анны было выведено следующее:

Ганс Сакс "Тристан и Изольда"
Томас Мор "Утопия" (английский перевод)
Роджер Ашам "Toxofilus" (трактат о стрельбе из
*   лука)*
Роберт Рекорд "Арифметика"
Николай Коперник "О вращении орбит"

Оторвавшись от мыслей, зачем двадцатилетней принцессе могли понадобиться бредни сумасшедшего польского аббата и трактат о стрельбе из лука вместе с другими книгами, столь же разными по содержанию, дон Родриго протянул список сэру Томасу. Сэр Томас впивался глазами в каждую строчку, но так и не сумел найти в списке ничего предосудительного и, чуть заметно качнув головой, вернул его дону Родриго.

Дон Родриго снова протянул руку. С минуту поколебавшись, дон Фернандо вытащил из внутреннего кармана письмо Елизаветы и вложил в протянутую руку.

Прошла целая вечность, пока дон Родриго разворачивал письмо. Пробежав его глазами, дон Родриго поднял брови. Сэр Томас с дьявольской радостью посмотрел на дона Фернандо, но лицо испанца оставалось невозмутимым.

На этот раз дон Родриго прочел письмо вслух:

—"Милорд!"—начал он и бросил вопросительный взгляд на дона Фернандо.— *"Вы были правы. После хода белой пешкой D5 черные действительно теряют ладью, правда не на третьем, а на четвертом ходу. Елизавета Тюдор."*

—Я полагаю, у вас нет больше вопросов к дону Фернандо? Милорд.— Мгновенная пауза перед этим обращением прозвучала как открытое издевательство, но сэр Томас пропустил его мимо ушей.

—Один, милорд, из чистой любви к шахматам.— сэр Томас повернулся к дону Фернандо.—Могу ли я взглянуть на эту необыкновенную позицию?

Даже самый искусный шахматист того времени вряд ли мог бы без заминки придумать четырехходовую комбинацию и если подозрения сэра Томаса были справедливы, этот простой вопрос вызвал бы у дона Фернандо необъяснимые затруднения. Но предусмотрительная Елизавета ссылалась на недавно сыгранную партию.

—К вашим услугам, милорд,—ответил испанец с легким поклоном. —В такой просьбе нельзя отказать настоящему любителю шахмат.

Дон Родриго с трудом подавил улыбку, а сэр Томас—вспышку ярости. Им пришлось подождать пару минут, пока дон Фернандо расставил фигуры. Потом он быстро показал все варианты, сопровождая их такими уверенными объяснениями, что даже сэр Томас не нашел больше повода для придирок.

Однако, он нашел достаточно поводов для подозрений, когда на следующее утро докладывал об этих событиях королеве Марии.

—Я не вижу в этих письмах основания для беспокойства,—сказала Мария. Она принимала сэра Томаса в комнате, где ежедневно после утренней мессы глава английской свиты докладывал о поведении пленной сестры королевы. При этих разговорах присутствовала только горничная королевы, дама в высшей степени молчаливая и надежная.

—Я бы не осмелился отвлекать этими письмами внимание Вашего Величества, если бы не одна случайность. По неосторожности одной маленькой служанки леди Елизаветы дверь была неплотно закрыта и я нечаянно услышал...

—Короче, вы подслушивали. Но это не должно вас смущать. Ваши обязанности перед Англией и нашей верой требуют, чтобы вы знали о моей сестре все. Или почти все. Так что же вы услышали?

—Посылая леди Гринфилд к дону Фернандо...

—Эту неаккуратную маленькую служанку?

—Совершенно верно, Ваше Величество. Так вот, посылая ее с письмами, леди Елизавета сказала, что погибнет, если они попадут в чужие руки.

—Что же вы предполагаете?

—Либо это шифр, Ваше Величество, либо существует еще одно письмо.

Мария нетерпеливо встала.

—Я хочу предотвратить этот заговор, а не раскрывать его, сэр Томас. Я вынуждена буду сегодня в полдень казнить двух еретиков из мятежного Кента.

Но я намерена прекратить казни членов королевского дома. Леди Елизавета будет освобождена.—При этих словах сэр Томас вскинул голову, забыв об этикете.—Я отправлю ее в Вудсток—подальше от переполненного мятежниками Лондона. Что касается этого молодого испанца, пусть с него не спускают глаз ни на минуту. С ближайшим кораблем он будет отправлен в Вест-Индию. Я скажу об этом дону Ренару. А как мне наградить вас, сэр Томас?

—Единственное мое желание—служить вам, Ваше Величество.

—Я в этом никогда не сомневалась. Мне нужен преданный энергичный человек на пост английского консула в Вест-Индии. Туда сейчас отправился ваш дядя со своим приемным сыном, но хотя я не сомневаюсь в его храбрости, он не кажется мне достаточно надежным. Во всяком случае, он счел возможным обращаться к леди Елизавете как к наследнице престола. Вы станете оплотом католической Англии в Новом Свете и теперь, когда Англия и Испания становятся союзниками, ничто не будет препятствовать расширению наших заокеанских владений.

Сэр Томас опустился на одно колено, но королева нетерпеливым жестом прервала излияния благодарности.

—Вы получите патент сегодня вечером и отплывете с первым кораблем. Вы свободны.

Весь о первых аутодафе достигла Елизаветы немедленно. Эта весть прозвучала для нее как гром небесный, призыв к выполнению долга в момент, когда она замыслила отступничество. В царствование отца и брата Елизавета старалась не думать о бесконечных политических казнях, сохранив в памяти лишь то, что касалось ее матери. Когда восставшие протестанты из Кента гибли на улицах Лондона, а их предводитель, сэр Томас Уайятт, отправился на плаху, она смирилась, приказала служить у себя мессу и ждала, пока подозрения ее сестры развеятся. Но когда английские протестанты начали гибнуть на кострах за ту веру, от которой она только что хотела отречься, она поняла, что ей легче погибнуть, чем оставить их в эту решительную минуту.

Она вспомнила письмо, в котором герцог Нортумберленд пытался вымолить себе жизнь у только что воцарившейся королевы Марии: "...Есть старая притча, и глубоко верная—псу живому лучше, нежели мертвому льву. О, если бы ее всемилостивейшее величество оставило мне жизнь—да, жизнь пса..."

Со жгучим стыдом Елизавета поняла, что заслужила сравнение с Нортумберлендом, отказавшись следовать своему долгу вопреки любым опасностям. Отбросив романтические мечты, она позвала леди Анну—единственного друга, которому она доверяла безгранично.

—Сестра моя,—будучи крестной дочерью леди Сесиль, Елизавета называла маленькую Анну сестрой.—Найдите способ увидеть дона Фернандо Родригес. Я больше не могу писать ему. Передайте ему мои слова: "Забудьте меня, я остаюсь верна своему долгу".

—Но дон Фернандо сейчас никогда не остается один, мадам.

—Тогда вставьте эти слова в одну из своих грустных песен. Я попрошу вас спеть ее во время игры в шахматы, а вы постарайтесь сделать так, чтобы дон Фернандо их заметил.

Новости в Тауэре распространяются так же быстро, как в армии или при дворе. Поэтому, хотя о предстоящем освобождении Елизаветы еще не было объявлено, в трактире в этот вечер царило прощальное оживление. Это не мешало офицерам охраны следить за обычной игрой Елизаветы с доном Фернандо с напряжением, достойным фанатических поклонников шахматного искусства. Правда, их внимание было приковано скорее к игрокам, чем к доске.

Елизавета была на редкость молчалива. В течении игры она не обменялась со своим противником ни словом, ни взглядом, к великому разочарованию бдительных любителей шахмат. Однако, когда наконец партнеры согласились на ничью, Елизавета вдруг встала и обратилась к присутствующим тем негромким голосом, который из уст особ королевской крови ясно доносится во все углы самых обширных помещений.

Присутствующие были ошеломлены этим неслыханным знаком милости—в те времена принцессы разговаривали стоя только с королями, королевами и, быть может, князьями церкви. Но Елизавета унаследовала от отца порывистость, толкавшую ее на постоянное пренебрежение этикетом.

—Мое сердце чувствует, что мы скоро расстанемся и разъедемся по разным уголкам божьего мира, связанные только общим чувством преданности ее величеству королеве Марии. Я хочу, чтобы мы расстались друзьями и предлагаю выпить по кружке горячего грога за здоровье ее величества.

Трактирщик, повинуясь едва заметному кивку, бросился вместе со слугами разливать грог. На лицах присутствующих отразилось приятное удивление, восторженная благодарность и предвкушение удовольствия.

Когда кружки были розданы, дон Родриго д'Альманса выступил вперед, облачившись в свои придворные манеры.

—Мы все покорнейше благодарим Ваше Высочество. Редко кому выпадало счастье быть слугами столь достойной и прекрасной дамы, столь глубоко искушенной в искусствах и науках. Возможность вам служить всегда будет величайшим счастьем для каждого из нас. Позвольте мне провозгласить тост за английский королевский дом.

По залу прошел одобрительный шорох.

Когда Елизавета села, воцарилась тишина. Все невольно ждали продолжения и оно последовало.

—Леди Анна,—Елизавета повернулась к маленькой Анне, которая сидела неподалеку, перебирая струны своей лютни.—Спойте какую-нибудь английскую балладу для наших испанских гостей.—Елизавета вежливо улыбнулась дону Родриго, чуть более небрежно взглянула на дона Фернандо и кивнула всем остальным.

Этого мимолетного взгляда было достаточно, чтобы пригвоздить дона Фернандо к месту.

Чуть тронув струны лютни, леди Анна запела своим нежным голоском:

Рыцарь ночною порой
Ехал чужой стороной
Вскачь вдоль реки под луной.

Счастлив когда-то он был,
Элизабет он любил,
Дом для нее позабыл.

В замке далеком жила,
Рыцаря взглядом зажгла,
Но слова ему не дала.

Краше, чем солнце она,
И как снега холодна,
В башне высокой одна.

Думал ее он смягчить,
Силой любви покорить,
Лед он хотел растопить.

Гордая Элизабет

Прямо ответила: "Нет!
Небу дала я обет.

Я остаюсь холодна,
Высшему долгу верна,
Жизнь проживу я одна!

Рыцарь, меня позабудь,
В дальний отправишься путь,
Счастье другое добудь!"

Травы покрыты росой,
Рыцарь чужой стороной
Скачет один под луной.

Содержание этой песни покажется читателю примитивным, а рифмы—неуклюжими, но нежное пение Анны и чудесные аккорды лютни придавали ей необыкновенную силу и выразительность.

—Леди Гринфилд поет сегодня с особым чувством. Уж не предназначена ли эта песня кому-нибудь из вас, джентльмены?—сказала Елизавета, обводя насмешливым взглядом всех присутствующих.

Польщенные испанцы выпрямились. Но для дона Фернандо эти слова и сопровождавший их взгляд означали смертный приговор. Сверхчеловеческим усилием он сохранил на лице почтительное равнодушие.

"Кажется, я был прав насчет третьего письма,— подумал сэр Томас.—Однако, нужно признать, что по части интриг она—достойная дочь своего отца. Передать послание так, чтобы двадцать свидетелей ничего не заподозрили—не знаю, удалось ли бы это самому великому интригану Ричарду Глостерскому."

Через несколько дней сэр Томас и дон Фернандо отплыли на одном корабле в Вест-Индию, а Елизавета отправилась в Вудсток вместе со своей верной спутницей леди Гринфилд. Через четыре года

Елизавета взошла на престол, а еще через год с тайным поручением найти и уничтожить злосчастное письмо отправился в Вест-Индию единственный человек, которому это можно было доверить.

Глава 2

Воспоминания леди Гринфилд были прерваны появлением служанки.

—Вещи разложены, миледи, точно так, как вы привыкли. Пит уже договорился с поставщиками. Их привели испанские солдаты из нашей охраны. Они так любезны—("Как в Тауэре",—подумала Анна)—и даже называют нашего Питера "дон Педро". Здесь все совсем как в христианской стране. Я-то думала, что мы едем к дикарям, крокодилам, ядовитым удавам и одичавшим охотникам за золотом. А сейчас я бы и не узнала, что мы не дома, если бы не жара, испанцы, ослы, пальмы, попугаи...

—Потом, Дженни.

—...А еще говорят, что молоко здесь получают не из коров, а из орехов.

Дженни Браун выросла вместе с Анной в замке Гринфилд и они были настолько дружны, насколько это возможно между госпожой и служанкой в XVI веке. Поэтому при других обстоятельствах у Анны не хватило бы духу прервать простодушные восторги Дженни. Но сейчас она думала только о своем поручении.

—Позови Питера. И скажи на кухне, что я буду обедать через два часа.

—Вы, наверное, устали, миледи. Я постелила вам в соседней комнате.— Нежелание слушать эти потрясающие новости Дженни могла объяснить только крайней усталостью.

—Спасибо, Дженни. Позови Питера.

Питер Мак-Уорден был выбран в спутники леди Анны не случайно. Это был сын того самого Томаса Мак-Уордена, в чьем трактире разыгралось начало нашей драмы. Когда подозрительная Мария велела закрыть трактир, Елизавета втихомолку пристроила его на службу в замок Гринфилд и он был избран в спутники леди Анны, как юноша решительный, предприимчивый и безусловно преданный. В этой маленькой экспедиции ему была отведена роль не только слуги, но и исполнителя всех замыслов, которые были бы не под силу восемнадцатилетней девушке. Он служил леди Анне бескорыстно и мечтал только об одной награде—руке Дженни.

Войдя в комнату, Питер остановился в почтительной позе, подобающей слуге знатной дамы. Его манеры были предметом открытых насмешек и тайной гордости Дженни. Сейчас он произнес в точности то, что следовало:

—К вашим услугам, миледи.

Леди Анна была лаконична даже для англичанки:

—Узнай, здесь ли английский консул, сэр Томас Болдуин. Надеюсь, что нет. Если да, то мне придется с ним встретиться. Незаметно узнай, открыта ли ювелирная лавка на Королевской улице. Надеюсь, что да. Если так, запомни кратчайшую дорогу туда. Для отвода глаз узнай еще, где находится дом начальника гарнизона, лавка с кружевами и комендант порта. Мне это безразлично. Возвращайся к обеду.

—Один вопрос, миледи. Губернатор прислал к обеду яблоки, которые растут в земле, а не на деревьях—якобы местное лакомство. Я заставил испанского солдата съесть два яблока на пробу. Он пока еще жив, но если позволите, я подожду до завтра.

Земляные яблоки—картофель—были известны тогда в Европе только знатокам заморских деликатесов.

—Если губернатор захочет нас отравить, Пит, он сделает это проще и незаметнее. Ступай.

Через час с небольшим Питер предстал перед леди Анной с докладом:

—Английский консул сэр Томас Болдуин уже год живет на Пуэрто-Рико. Ювелирная лавка открыта до темноты. Все как вам было угодно, миледи.—Говоря о делах, Питер неизменно пытался превзойти свою госпожу в лаконизме. Однако, хотя мужчины и считают многословие женской слабостью, ему это никогда не удавалось. Леди Анна, ученица Елизаветы, в трудные минуты выражалась коротко и точно.

—Мы пойдем туда в шесть часов. Предупреди Дженни.

—Какой путь вам угодно избрать? Если мы пойдем мимо порта...

—Кратчайший, Питер.

Питеру, проигравшему очередной раунд бесконечного состязания в лаконизме, оставалось только вернуться к обязанностям дворецкого.

В тропиках темнеет быстро и, чтобы попасть в ювелирную лавку вовремя и неузнанной, леди Анна должна была добраться туда в течение коротких сумерек. Ровно в шесть часов она вышла в сопровождении Питера с черного хода, одетая в платье Дженни и в плащ с капюшоном, опущенным на лицо. Испанская стража, курсировавшая между кухней и садом, встретила ее так, как во все времена солдаты встречают девушек, которых не смеют остановить,—взглядами внимательными, но отнюдь не направленными на выяснение личности. Присутствие дона Педро, вооруженного до зубов и соответственно нахмуренного, тем более не располагало к неуместному любопытству. В конце концов их поставили следить за госпожой, силуэт которой четко вырисовывался на фоне освещенного окна в верхнем этаже. Высокий кружевной воротник и книга не оставляли сомнения, что силуэт принадлежит знатной даме. Леди Анна позаимствовала из итальянской комедии этот нехитрый прием, не вышедший из моды до сих пор. Они с Дженни были примерно одного роста, а башмаки Дженни, слишком большие для леди Анны, придавали ее походке убедительную неторопливость.

Столь поздний визит в ювелирную лавку отнюдь не был девичьей причудой. Хозяин ювелирной лавки на Королевской улице, месье Барбьери, французский тайный протестант, был доверенным агентом Елизаветы.

Дед Елизаветы Генрих VII организовал лучшую в те времена агентурную службу. Во время войны Венеции с Папой Римским он получал донесения о событиях ежедневно. Генрих VIII и Елизавета продолжали эту традицию. Положение ювелира ставило агента Елизаветы в самый центр событий. В отличие от Европы драгоценности и бриллианты могли здесь оказаться у людей из самых разных слоев общества. Добыча с захваченного судна или из разграбленного перуанского храма иногда достигала ювелира раньше, чем официальное донесение о сражении.

Узнав о прибытии леди Гринфилд в Санто-Доминго, месье Барбьери внутренне насторожился. Он видел в Париже леди Сесиль, впоследствие графиню Гринфилд, и знал, что ее дочь леди Анна—ближайшая наперстница Елизаветы. Однако, ему не могло придти в голову, что леди Гринфилд так быстро установит с ним связь, если вообще ей это понадобится. Поэтому, когда мнимая Дженни в сопровождении Питера переступила его порог, месье Барбьери, приготовившийся закрывать лавку, встретил ее с развязностью, которая в это варварское время была принята в обращении с женщинами низшего сословия.

—Давно уже такие красотки не приходили провести со мной вечер!

Леди Анна чуть заметным жестом удержала Питера, готового броситься на обидчика, и откинула капюшон.

При взгляде на ее лицо ювелира охватило смутное беспокойство.

—Лавка закрыта, милочка,—неуверенно сказал он, указывая рукой на темноту за окном.—Приходи завтра.

—Моя госпожа просит вас починить это кольцо,—сказала леди Анна.

Месье Барбьери сразу узнал кольцо, которое он когда-то сам изготовил для Анны Болейн.

—Леди Анна Гринфилд,—прошептал пораженный ювелир, падая на колени.—Мне нет извинения.

—Напротив, я рада, что мое переодевание удачно,—улыбнулась леди Анна, отметая неловкость.

—К вашим услугам, миледи.

—Я ищу испанца по имени дон Фернандо Родригес де Леон. Это бывший офицер, охранявший ее величество в Тауэре в 1554 году и сосланный в том же году королевой Марией в Вест-Индию. Он может жить под чужой фамилией. Вот его приметы: около тридцати лет, сероглазый, темноволосый, на виске чуть заметный шрам от пули. Если этих примет недостаточно, сообщите мне список всех кандидатов. Повод для вашего визита—починенное кольцо. Ответ можете передать Питеру или Дженни—я им полностью доверяю. Вот вам пятьдесят дукатов. Вы получите еще столько же, когда принесете ответ. Я живу около собора в доме, принадлежащем губернатору.

—Я могу ответить вам сразу, миледи. Этому описанию удовлетворяет только один человек. Это дон Фернандо Аррендес. Он живет в своей гасиенде в пятнадцати милях по дороге вдоль берега к западу. Он приехал на Гаити в 1558 году и уже больше года живет здесь скрытно и безвыездно. Я не знаю подробностей, но кажется при королеве Марии он служил в Англии офицером. Впрочем, я могу разузнать.

—Не надо. Я навещу его завтра сама. Вот остальные пятьдесят реалов.

Повинуясь ее жесту, Питер мрачно протянул ювелиру кошелек.

—Могу ли я просить вашу светлость о милости?

—Говорите.

—Разрешите мне отказаться от платы. Я был удостоен чести служить в Париже леди Сесиль, вашей матери. Вы так на нее похожи... Мне стыдно, что я не узнал вас сразу.

—Я понимаю вас, месье Барбьери,—ответила леди Анна.—За преданность нельзя отплатить деньгами. Благодарю вас и прощайте.

—И я бы не взял с тебя платы за урок хороших манер,—проворчал Питер, заворачиваясь в плащ.

Выйдя от ювелира, они оказались в черноте тропической ночи. Улицы в скудном свете луны выглядели совершенно иначе, чем днем. Неудивительно, что Питер сразу же спутал поворот и повел свою госпожу наугад в сторону возвышающегося над домами шпиля собора.

Уже через триста ярдов он понял, что выбрал неудачный путь—мимо трактира, из которого только что вывалилось четверо подвыпивших испанских матросов. Молодая девушка почти без охраны не могла не привлечь их внимания и четверка устремилась по улице вслед за Питером и его спутницей. Ускользнуть от встречи было уже невозможно, тем более в башмаках Дженни, поминутно сваливавшихся с ног.

—Ты чего пристаешь к моей девушке, приятель?— сказал один из матросов, протягивая руку к плащу леди Анны.

Он не успел сказать ничего больше, потому что Питер коротким ударом сбил его с ног. Падая, испанец успел сдернуть с леди Анны плащ. Его товарищи тотчас выхватили ножи, но, увидев леди Анну, замерли в изумлении.

Она стояла под их взглядами спокойно. Уверенная в собственной неприкосновенности, она решилась на крайнюю, но, по ее мнению, абсолютно надежную меру—назвать себя.

—Я—почетная гостья вашего губернатора, графиня Гринфилд. Обещаю, что вас не повесят, если вы сейчас же удалитесь вместе со своим сообщником.—Ее голос звучал спокойно, но к концу фразы в глазах промелькнула тревога. Эта угроза скорее развеселила, чем испугала матросов, постоянно существовавших бок о бок со смертью.

—А я—сам губернатор!—взревел один из них. Как же ты меня не узнаешь?

—А я—английская принцесса, что утром приехала на желтом трехпалубнике! Здорово, племянница! Иди, поцелуй свою тетушку!—эта шутка привела матросов в такой восторг, что они на мгновение забыли о драке, разразившись пьяным хохотом. Однако Питер, трезво оценил положение и оттолкнул свою госпожу к стене дома, заслонив ее собой. Он был вооружен таким же ножом, что и каждый нападавший. Силы были явно не равны. Двое испанцев двинулись на Питера с разных сторон. Он бросился навстречу одному из них и второй, ударом сбоку, ранил его в правую руку. Нож упал на землю и Питер остался без оружия. Леди Анна пронзительно вскрикнула. Казалось, только чудо могло спасти ее, королеву и Англию, и чудо свершилось. Она услышала спокойный голос:

—Не волнуйтесь, вы в безопасности.

Участники сцены, как по команде, повернулись в сторону трактира. Они увидели шпагу и кинжал, которые, как и голос, принадлежали молодому человеку, судя по одежде, бедному французскому дворянину. Его лицо выражало суровую решимость, а глаза горели таким негодованием, что матросы попытались предотвратить возможное недоразумение.

—Клянусь дьяволом, ты не узнаешь нас, Карлос, или Шарль, черт тебя подери! Мы же пили с тобой весь вечер! Давай сюда! Смотри, кого мы здесь нашли.

—Сожалею, друзья, но эту женщину вам придется оставить в покое,—француз сделал шаг в сторону одного из испанцев и угрожающе поднял шпагу.

—Ты спятил или пьян! Проваливай, пока цел!

В ту же секунду мимо головы француза просвистел нож. Ловко увернувшись, он оглушил ближайшего испанца рукояткой ножа и почти в том же движении выбил шпагой нож второго противника. Два обезоруженных матроса были готовы обратиться в бегство, когда оглушенный Питером испанец поднялся с земли и бросился с ножом на француза. Тот стоял к нему спиной и даже предостерегающий крик леди Анны не спас бы его от удара ножом, если бы Питер, собравшись с силами, не сбил испанца с ног.

Философы считают, что сражения выигрываются и проигрываются в умах людей. Может быть, у испанцев и были шансы на победу, но всякий интерес к ней неожиданно пропал.

—Ты что, взбесился? Нападаешь на мирных прохожих!—проворчал матрос, стоявший дальше других, скорее с обидой, чем с угрозой.

—Забирайте Хуана и уходите,—столь же миролюбиво ответил француз, не опуская, однако, шпаги.

Прежде чем исчезнуть за поворотом, один из испанцев угрожающе крикнул "Оревуар!", не без оснований считая, что по французски это означает "Еще встретимся!"

—Разрешите проводить вас до дому,—сказал француз, повернувшись к леди Анне.

—Благодарю вас, месье.

По тому, как были произнесены эти две короткие фразы, француз и леди Анна сразу узнали друг в друге людей благородного происхождения. Правда, внешность неизвестного спасителя и без того располагала к доверию. При взгляде в его открытое лицо леди Анна сразу почувствовала себя в безопасности.

—Шарль де Кормьер к вашим услугам, миледи'—Взглянув на свою собеседницу, деликатный француз заметил, что она затрудняется назвать себя и после мгновенной паузы продолжил:

—Разрешите, я помогу вашему спутнику.

С помощью кинжала он оторвал рукав рубашки Питера и быстро и умело перевязал ему рану.

—Обопритесь на мое плечо, сударь, и идемте. Завтра к вечеру он будет снова в состоянии вас сопровождать,—добавил он в ответ на обеспокоенный взгляд леди Анны.

Они дошли до собора без приключений.

—Еще раз благодарю вас, месье. Здесь мы должны расстаться. Я живу в этом двухэтажном особняке.

—И, как я вижу, продолжаете читать у окна?

Леди Анна испытующе взглянула на француза и оба рассмеялись. Диалог из напряженно-осторожного вдруг превратился в спокойно-дружелюбный, как будто молодые люди с детства знали друг друга.

—Могу ли я чем-нибудь еще быть вам полезен, миледи?

—Да. Окажите мне еще одну услугу.

—Приказывайте.

—Забудьте о нашей сегодняшней встрече.

—Это невозможно.

—Тогда по крайней мере молчите,—леди Анна с трудом сдерживала улыбку.

—Слово дворянина.

—Еще раз спасибо и прощайте,—сказала леди Анна, снова заворачиваясь в плащ.—И не вздумайте целовать руку служанки на виду у испанских солдат,—добавила она, разгадав намерения юноши. Ему оставалось только вспыхнуть или рассмеяться. Он выбрал последнее.

Восемнадцатилетней леди Анне нелегко давалась железная выдержка, необходимая тайному агенту. Добравшись до спальни, она разрыдалась, и до смерти перепуганной Дженни пришлось прибегнуть к успокоительным каплям, чтобы заставить ее заснуть.

Глава 3

Если бы тайный агент взялся проследить в этот вечер за передвижениями месье де Кормьера, он был бы совершенно сбит с толку. В беспорядочных блужданиях француза можно было заметить только одну закономерность—они неизменно приводили его к собору, точнее, к двухэтажному особняку. Его мысли остаются для нас тайной и мы можем только раскрыть тайну, окутывавшую до сих пор его личность.

Если бы месье де Кормьер говорил не по-испански, леди Анна сразу поняла бы, что он не француз. Они действительно были знакомы с детства, хотя и не подозревали об этом. Шарль де Кормьер был не кто иной как Ричард Нортон, приемный сын адмирала Ричарда Болдуина.

После памятной нам сцены в трактире его судьба складывалась далеко не так благополучно, как можно было бы ожидать для сына и единственного наследника богатого, далекого от политики лорда. Как мы помним, адмирал был послан, а точнее сослан Марией в Карибское море, где вскоре погиб, оставив Ричарда под опекой своего племянника сэра Томаса Болдуина.

Незадолго до смерти адмирал написал племяннику письмо, простодушно полагая, что оно поможет продолжить воспитание Дика:

"Дорогой племянник! Дни мои сочтены. Хотя мой врач и пытается меня успокоить, я чувствую, что лихорадка берет верх. После моей смерти ты останешься единственным опекуном и родственником Ричарда. Твой брат Гай еще слишком юн, чтобы заботиться о таких вещах. Я хочу сообщить тебе свое мнение о моем воспитаннике, надеюсь, беспристрастное, хотя я горячо его полюбил и считаю перед Богом своим сыном.

У Дика легкий характер. Он привлекает добродушием, юношеской мудростью, умением мгновенно уладить любой спор. Он начитан, интересный собеседник и обладает достойными Оксфорда актерскими качествами. Однако, я не назвал бы его мягким: в случае необходимости он превращается в собранного, лаконичного, я бы сказал, даже жесткого командира. Думая о его будущей карьере, я бы не хотел видеть его во главе крупного дела. Впрочем, он и не стремится к этому и чувствовал бы себя неестественно как командующий флотом или хозяин обширных уединенных владений. Ему не свойственны долгосрочные планы и он легко выходит за пределы допустимого риска. Мне кажется даже, что он не очень привязан к жизни. Однако, он может стать душой любого дела и был бы хорош как придворный для особых поручений, посланник или капитан военного корабля. Тебе нетрудно будет найти его талантам достойное применение.

Я завещаю тебе свои владения на Пуэрто-Рико и свою долю в торговом флоте Хоукинсов. Вместе это стоит не меньше, чем родовые владения, которые отойдут Ричарду. Я уверен, ты будешь им гордиться, когда он займет мое место в Палате Лордов. Он достоин этого места и по праву рождения: его отец состоял в родстве с герцогом Нортумберлендом, а мать принадлежала к одному из знатнейших родов Шотландии.

Прощай. Да благословит Бог вас обоих.

Адмирал Ричард Болдуин.

*Пуэрто-Рико, Сан-Хуан
5 сентября 1554 года."*

Ловкого, жестокого и беспринципного вельможу интересовала только часть письма, касающаяся наследства, которое он без труда присвоил. Он уничтожил все документы, удостоверявшие личность и права мальчика и подстроил его похищение пиратами, уже начинавшими тогда "стричь бороду испанского короля", как называл свои действия Френсис Дрейк. Этот впоследствие знаменитый пират тогда только начинал свою карьеру и, обосновавшись на Барбадосе, грабил без разбора испанские корабли, не считаясь с тем, что союз Англии и Испании только что был подтвержден брачным союзом Марии и Филиппа.

Положению юнги на пиратском корабле нельзя было позавидовать. Кроме того, воспитание, неизбежно сквозившее во всем поведении Ричарда, делало его предметом постоянных издевательств. Юноша скорее всего погиб бы, если бы его блестящее, пропадавшее втуне морское образование не привлекло внимание Френсиса Дрейка благодаря самой невероятной случайности.

Флотилия Дрейка была снаряжена в Плимуте, где царила купеческая династия Хоукинсов. После явно неудачного строительства Большого Гарри Хоукинсы начали испытывать суда нового типа, впоследствии разгромившие Испанскую Армаду. Это были небольшие, но очень маневренные корабли, снабженные мелкокалиберными дальнобойными пушками. Проигрывая в ближнем бою, они могли потопить испанскую плавучую крепость, оставаясь вне пределов досягаемости ее пушек и укрываться в проливах, для испанцев непроходимых. Корабли Дрейка были только первым шагом в этом направлении.

В тот день два корабля Дрейка—флагман "Золотая Лань" под командой самого Дрейка и двадцатипушечный фрегат "Сент-Джон" гнались за испанским торговым кораблем. Превосходя пиратов в парусности, он должен был, казалось, спасаться в открытое море, но по непонятной причине направился в сторону ближайшего острова с высокими нависающими над водой скалами. Преимущество было явно на стороне пиратов и они, идя в бакштаг под всеми парусами, двигались к острову, когда поведение испанца объяснилось.

Навстречу преследователям из-за мыса вышли два испанских военных корабля. Прежде чем пираты успели изменить курс, последовали два выстрела прямой наводкой из носовых орудий испанских кораблей. "Золотая Лань" получила пробоину, лишившую ее нужной маневренности. На "Сент-Джоне" ядра, просвистевшие сквозь снасти убили несколько матросов. Капитана, стоявшего на юте, придавило обломком реи. Дик Нортон первым бросился к нему на помощь.

Собравшись с силами, капитан прохрипел:

—Все по местам! А ты, парень, будешь передавать мои команды. Я потерял голос.

Впервые после уроков адмирала Дик снова оказался на мостике рядом с капитаном. Ему показалось, что он, как в былые времена стоит возле адмирала и сравнивает свои воображаемые команды с его приказами. Он не раз видел, как адмирал находил неожиданные выходы из безнадежных ситуаций и сейчас, при взгляде на поле сражения, он увидел такой выход.

—Поворот оверштаг,—прохрипел капитан.

—Носовым орудиям взять прицел над трещиной в скале,—скомандовал Дик.—Руль прямо! Правый борт—прицел под кроны деревьев!

Наведенная Дрейком дисциплина заставила команду в точности выполнить этот самоубийственный приказ. Корабль, шедший на всех парусах, через несколько минут должен был неминуемо подставиться под выстрелы испанцев в упор.

—Ты рехнулся, подонок!—прохрипел капитан.—Командуй поворот, или я тебя прикончу!— Капитан попытался встать. От усилия он потерял сознание, но Дик, поглощенный своим замыслом, даже не повернул головы.

—Носовые орудия, огонь!—скомандовал Дик. И сразу же отдал следующую команду:—Поворот оверштаг!

Когда дым пороховой дым рассеялся, перед испанским кораблем оказался борт с наведенными орудиями и, прежде чем кто-нибудь успел опомниться, раздался залп.

Только теперь участникам сражения стал ясен странный маневр "Сент-Джона". Первый залп, сделанный точно в момент, когда испанский корабль проходил под скалой, обрушил на его снасти и палубу лавину камней. Корабль потерял управление и его стало сносить на прибрежные рифы. Второй залп, сделанный прямой наводкой, пробил борт другого испанского корабля на уровне ватерлинии и он шел ко дну так быстро, что команде оставалось только спасаться вплавь. Уничтожив двумя залпами два корабля, "Сент-Джон" закончил поворот оверштаг и, будучи почти неповрежденным, направился на помощь Дрейку, который, видя, что угроза миновала, возобновил преследование испанского судна. Его капитан, будучи человеком благоразумным, предпочел спустить флаг.

Так как "Сент-Джон" не ответил на требование с флагмана прислать капитана, Дрейк отправился туда сам.

—Где капитан?—спросил Дрейк, поднявшись на борт в сопровождении нескольких пиратов.

Старший помощник, распоряжавшийся на палубе ремонтом такелажа, молча указал на ют. На юте Дрейк нашел Дика, который, так и не проникнувшись варварским равнодушием пиратов к смерти товарища, склонился над умирающим капитаном. При виде Дрейка юноша вскочил на ноги и вытянулся, скорее как военный моряк, чем как пират.

—Что здесь происходит?— Этот же вопрос отражался на лицах пиратов, поднявшихся на ют вслед за Дрейком.

—Капитан был ранен в начале боя, сэр, и почти сразу же потерял сознание.—Дик впервые разговаривал с Дрейком, к которому, единственному среди пиратов, испытывал нечто вроде благоговения.

—Кто же отдавал команды?

—Я, сэр.

Среди пиратов, стоявших за спиной Дрейка, прошел ропот и даже сам Дрейк не сразу нашелся что сказать.

—Кто ты такой, черт побери?

—Мое имя—Ричард Нортон, сэр.

—Мне кажется, я схожу с ума,—проговорил Дрейк, опускаясь на ящик.—Кто тебя учил?

—Адмирал Ричард Болдуин, сэр.

—Откуда же ты здесь взялся? Впрочем, поедешь со мной, разберемся.

Дрейк хорошо знал цену образованию и сильному характеру, а познакомившись с Диком поближе, проникся к нему доверием. Уже через месяц Дик был назначен капитаном на новый корабль, только что присланный Хоукинсами из Плимута. Набранная

Дрейком команда в начале не хотела подчиняться мальчишке, но Дик сумел внушить ей уважение и вскоре пираты уже гордились, что их капитан—самый молодой во всем пиратском флоте. Под его командованием их доходы удвоились, а потери сократились. Кроме того Дик, как сын лорда обученный в детстве фехтованию и стрельбе, мог легко справиться с любым из них. Не отличаясь особой силой, он компенсировал ее отсутствие ловкостью и сноровкой. Воспитанный в военном флоте, он завел неслыханный для пиратов порядок на своем фрегате, названном "Элизабет" в честь протестантской принцессы и в память преданного ей адмирала.

Френсис Дрейк и Дик очень подходили друг другу как командир и подчиненный. Дик нашел в Дрейке учителя, которого ему так не хватало после смерти адмирала. Дрейк полностью доверял ему, понимая, что Дик никогда не захочет занять его место. Необъявленная война с испанцами интересовала Дика скорее как упражнение в военном искусстве, чем как способ разбогатеть или сделать карьеру. Его тактические замыслы питались воображением и начитанностью в большей степени, чем здравым смыслом. Неожиданные действия повергали в полную растерянность испанцев, никогда не знавших, что он выкинет в следующий раз.

Дик был прекрасным актером и Дрейку часто казалось, что командование кораблем—лишь одна из ролей в его обширном амплуа. Другая роль, которая ему хорошо удавалась, была роль разведчика. Он мог выдать себя за кого угодно—от испанского гранда до туземной торговки. Обладая легким характером, он быстро сходился с людьми, вызывая их доверие. Никому из разведчиков Дрейка не удавалось приносить такие драгоценные сведения и сейчас он находился на Гаити, чтобы узнать судьбу каравана с золотом, которое собирали здесь дважды в год, чтобы под конвоем отправить в Испанию. Как бедный дворянин он мог слоняться по городу, не привлекая внимания, а французское происхождение избавляло его от необходимости следить за своим испанским произношением. Проводя время в трактире, он узнавал от испанских матросов больше, чем можно было бы исторгнуть у их командиров под пыткой. В тот вечер он отплатил черной неблагодарностью тем самым испанцам, которые сообщили ему последние недостававшие сведения и, может быть, бродя вокруг собора, он как раз и пытался собрать воедино все, что узнал об испанском караване.

Нельзя, однако, сказать, что тени, мелькавшие в окнах особняка, помогали ему сосредоточиться, и когда около полуночи свет погас, ему оставалось только отправиться восвояси.

Глава 4

Следующие два дня леди Анна не выходила из дома. Питеру нужно было оправиться от раны, и только самой себе леди Анна созналась, что и ей нужно оправиться от потрясения.

На третий день от раны Питера остался только шрам, а от смятения леди Анны не осталось и следа. Рано утром она выехала верхом по западной дороге. Кроме Питера ее сопровождала галантная почетная стража из четырех испанских офицеров. Присутствие подобной свиты отнюдь не входило в планы леди Анны. По счастью, лошади испанцев, несших в основном гарнизонную службу в порту, отличались большой выносливостью, но отнюдь не быстротой. Они намного уступали великолепным испанским скакунам, которых Питер отобрал для себя и своей госпожи из конюшни, любезно предоставленной губернатором в их распоряжение.

В пяти милях от гасиенды дона Фернандо лошадь леди Анны неожиданно понесла. Питер, обладавший отличной реакцией, бросился вслед за госпожой и через несколько минут они оба скрылись из вида. Испанской охране осталось только проклинать своих лошадей и надеяться, что скакуны англичан выбьются из сил раньше, чем их всадники сломают шею. Однако леди Анна, превосходная наездница, вовсе не собиралась ломать себе шею. Через полчаса испанский конь, повинуясь легкому движению ее руки, остановился как вкопанный у ворот гасиенды и подскакавший Питер принял поводья. Леди Анна легко спрыгнула на землю.

—Я могу здесь задержаться. Жди меня с лошадьми. Пусть их поставят так, чтобы их не было видно с дороги.

Слуга-метис, сгорая от любопытства, проводил леди Анну в гостиную.

—Мне нужен дон Фернандо.

—За ним уже послали, госпожа. Не угодно ли подкрепиться с дороги?— Слуга-индеец, одетый в белое, как все рабы на плантации, поставил на стол вазу с фруктами и графин с прохладительным соком гуавы.

—Спасибо, я подожду.

Леди Анна в нетерпении расхаживала по комнате, когда за ее спиной раздался негромкий приятный голос:

—Чем могу служить, сеньора?

Услышав этот голос, леди Анна на мгновение застыла, а потом медленно повернулась.

—Дон Диего Торредес!—тихо произнесла она, обращаясь скорее сама к себе.

—Леди Анна Гринфилд!—воскликнул не менее пораженный испанец.—Неужели королева так быстро меня разыскала?

—Меня не интересуют похищенные вами бриллианты. Я искала здесь совсем другого человека.

—Может быть, вы наткнулись на меня случайно?

—Да.

—И вы рассчитываете, что я вас отсюда выпущу?

—Вы не осмелитесь меня задержать.

—А почему бы и нет?— Нарочито медленными движениями дон Диего закрыл дверь, дважды повернул ключ в замке и положил его в карман.— Посудите сами.— Отвернувшись от двери, дон Диего начал расхаживать по комнате, как бы размышляя вслух.—На меня клевещут, будто я похитил у королевы

Марии бриллианты, привезенные из Испании ее матерью, Екатериной Арагонской. Перед Богом моя совесть чиста: я получил их в награду за важнейшую тайную услугу. И вот я, дворянин с незапятнанной честью, потомок короля Фердинанда Арагонского, вынужден скрываться здесь от мести двух могущественный держав, богатство которых не ослабляет их корысти. Согласитесь, что отпустить вас равносильно самоубийству, которое наша религия строжайше запрещает.— Дон Диего набожно перекрестился.—Стоит вам добраться до губернатора, или английского консула, как мое местопребывание и мое настоящее имя станут известны представителям власти. Мои добытые честным трудом богатства конфискуют, а меня самого повесят без суда как последнего бродягу. Бедная королева Мария умерла,— тут он опять перекрестился,—не успев подтвердить мои права...

—На драгоценности своей матери!

—Вот видите! Вам, убежденной в моей виновности, нетрудно будет убедить в ней самого беспристрастного судью, к выгоде королевы Елизаветы. Вы всегда были преданы ей как комнатная собачка.

—У королевы Елизаветы сейчас другие заботы. Если вы меня задержите здесь, вас ждут не меньшие неприятности.

—Почему же? Вы приехали сюда без охраны и никто, в том числе и я, вас здесь не видел. Мои слуги умеют молчать.

Леди Анна внезапно побледнела. Не в силах устоять на ногах, она опустилась в кресло, по счастью оказавшееся рядом.

—Могу я вас спросить, каковы ваши намерения?— Только усилием воли ей удалось сохранить обычное спокойствие в голосе.

—Согласитесь сами, что леди Анна Гринфилд должна исчезнуть с лица земли.

—Вы посмеете меня убить?

—Вы достаточно долго находились при дворе и должны понимать, что такое политическая необходимость. Лично же я питаю к вам только восхищение и не могу не сожалеть, что такая молодая и прекрасная наследница знатного рода... впрочем, чтобы исчезнуть с лица земли, леди Анне Гринфилд не обязательно становиться ангелом на небе. Она может стать сеньорой Аррендес на нашей грешной земле.

—И вы осмеливаетесь мне это предлагать?

—А почему бы и нет? Вам предоставляется полная свобода выбора, но взгляните на меня. Я молод, знатен, образован, предприимчив, богат, откровенно говоря красив... Клянусь честью, я и сам не сознавал, что имею столько достоинств! Я не вижу для вас оснований торопиться на небо, куда вы и без того рано или поздно попадете.

—Я отказываюсь продолжать этот нелепый разговор.— Леди Анна опустила на лицо вуаль и отвернулась к окну, давая понять, что не произнесет больше ни слова.

—Понимаю, вам хочется подумать. Прекрасно. Я оставляю вас одну и не сомневаюсь, что вы предпочтете священный брак богопротивному самоубийству. Через полчаса я вернусь с преподобным падре Доминго и вам придется только один раз сказать "да". Само божественное провидение на нашей стороне—святой отец как раз сейчас осчастливил мою гасиенду своим визитом.

Дон Диего вышел и тщательно запер за собой дверь.

Оставшись одна, леди Анна откинула вуаль и вопреки охватившему ее чувству безнадежности начала осматривать свою темницу. Гостиная находилась на втором этаже. Прыгать из окна было бы самоубийством. К тому же все окна выходили на плантацию, откуда бесполезно было ждать помощи. Кроме той двери, в которую вышел дон Диего, в комнате была еще маленькая боковая дверь. Как только взгляд леди Анны упал на нее, эта дверь открылась как по волшебству и в комнату проскользнула странная фигура.

Это была молодая женщина, с ног до головы закутанная в темное покрывало. Медный отлив кожи и темные, чуть раскосые глаза выдавали ее индейское происхождение. Глядя на нее леди Анна невольно подумала, что заокеанские красавицы ничуть не уступают своим европейским сестрам, а уж эту молоденькую индианку можно поистине назвать жемчужиной Нового Света. Было очевидно, что индианка в свою очередь столь же высоко оценила красоту леди Анны. Не отрывая глаз от лица англичанки, она сбивчиво заговорила на сносном кастильском наречии:

—Конечно, Мария теперь не нужна. Ни господину не нужна, а племени давно не нужна. У тебя много денег и белое лицо. Наверное, ангелы на небе так же прекрасны. Господин выбрал. Мария уходит.—С этими словами индианка и правда повернулась, чтобы уходить.

В душе леди Анны вспыхнула надежда.

—Постой!—воскликнула она.—Ты хочешь, чтобы дон Фернандо женился на тебе. Я не хочу, чтобы он женился на мне. Помоги мне бежать.

Индианка повернулась и испытующе посмотрела на собеседницу.

—Дон Фернандо придет сюда со священником. Ты наденешь мое платье. Он женится на тебе.

—Господин разгневается. Прогонит Марию.

—Нет. Браки заключает сам Бог.

Поколебавшись несколько мгновений, Мария повернулась в сторону двери.

—Пойдем. Я дам тебе испанское платье.

Костюм для верховой езды, непривычный для Марии, стеснял ее движения, но когда леди Анна усадила ее в кресло, сходство показалось приемлемым. Однако, у Марии еще оставались сомнения.

—Он узнает мой голос.

—Дону Фернандо отвечай рыданиями как можно громче и он поверит. Все женщины рыдают одинаково. А священнику нужно только один раз сказать "да".

В ответ леди Анна услышала то, что европейцам редко доводилось слышать от туземцев Нового Света. Мария рассмеялась.

—Пойдем. Я выведу тебя к человеку с лошадьми.

В дверях они остановились.

—Там за углом твой человек. Прощай.

—Подожди.—Леди Анна сняла с шеи драгоценное ожерелье и протянула его индианке.—Ты спасла сегодня не меня одну. Это тебе на память.

Индианка в ответ сняла с шеи ожерелье из крупных изумрудов и надела его на шею леди Анны.

—А это тебе на счастье. Мария будет помнить тебя.

Поцеловавшись как сестры, они расстались.

За углом леди Анну ждал Питер с лошадьми.

—Скорее! Через полчаса за нами будет погоня!

—Прошу вас накинуть мой плащ, миледи.

Только сейчас леди Анна взглянула на свое новое платье. Оно совершенно не подходило для верховой езды. Как истинно английский слуга, Питер выразил свое изумление более чем сдержанно—заменив общепринятую форму "не угодно ли" на более решительное "прошу вас".

Через полминуты они уже мчались по дороге в Санто-Доминго. К сожалению, уставшие лошади не могли развить прежнюю скорость и, чтобы их не загнать, приходилось время от времени переходить на шаг.

Проехав за час около семи миль, они услышали за собой топот давно ожидаемой погони. Почти сразу же далеко впереди показалась испанская охрана. Безрезультатно поездив по дорогам, они решили дожидаться англичан поближе к городу.

Дона Диего сопровождало двое вооруженных слуг. Обогнав леди Анну, он принудил ее остановиться.

—Вы напрасно надеялись, что от меня можно ускользнуть. Где еще можно найти подобное вероломство?

—Взгляните в зеркало,—предположила леди Анна.

—Это клевета! Всю свою жизнь я был верен одному государю и поклонялся одной женщине.

—В таком случае вас можно поздравить, дон Диего. Милосердное провидение даровало вам несколько жизней.

—Не играйте священными чувствами, миледи. У вас все равно нет временя меня понять. Подумайте лучше о молитве—если у протестантов принято молиться перед смертью.

—При данных обстоятельствах вам будет небезынтересно узнать, дон Фернандо, что мы находимся на виду у моей испанской охраны, которой вам трудно будет объяснить столь решительные действия.

Дон Диего растерянно оглянулся на испанцев, пустившихся рысью им навстречу.

—Вы еретичка, предательница и интриганка! Вы надругались над святостью брака!

—Вы должны благодарить меня, дон Фернандо, что вместо заслуженной вами виселицы, получили незаслуженную награду. Вы не стоите и мизинца сеньоры Аррендес. Однако, пока Мария счастлива с вами, у меня не будет повода вспомнить ваше бурное прошлое. Я хочу отблагодарить ее за великодушный поступок.

Несомненно, дон Диего нашелся бы что ответить, но в этот момент подъехала испанская охрана.

—Надеюсь, с вами все благополучно, сеньора,— сказал один из офицеров, плохо скрывая свое изумление по поводу неожиданной перемены туалета.

—Да, лошади успокоились как только устали и нам пришлось возвращаться шагом. Мы рассчитывали, что вы нас догоните, господа.

Пробормотав пространные извинения, испанец продолжил:

—Могу ли я представить вам дона Фернандо Аррендес?

—Благодарю вас, я имела удовольствие встречать дона Фернандо при дворе королевы Марии. Поздравьте его, господа, он сообщил мне, что сегодня вступил в брак с самой очаровательной сеньоритой вашего острова.

Мрачному дону Фернандо ничего не оставалось, как принять поздравления и откланяться.

Глава 5

Так как поиски дона Фернандо в Санто-Доминго оказались безнадежными, леди Анна решила, что для дальнейшего поправления ее ослабленного здоровья необходим климат Пуэрто-Рико. Губернатор, дон Кристобаль де Монкада, с облегчением воспринял эту весть. Его больше не удивляло, что тайный совет Испании интересуется восемнадцатилетней девчонкой. "Она способна дать пищу для размышлений трем тайным советам",—думал дон Кристобаль, громко выражая свое разочарование по поводу неожиданного отъезда приятной гостьи.

Не удивительно, что губернатор воспользовался первым же случаем избавиться от нее, устроив на корабль, шедший на Пуэрто-Рико через три дня. Такая поспешность могла бы показаться леди Анне невежливой, если бы не соответствовала ее планам.

Из окна просторной каюты на борту галиона "Сантьяго" открывался чудесный вид на море. Любуясь бесконечной вереницей волн, леди Анна размышляла о своем путешествии на Пуэрто-Рико, обещавшем быть безопасным. Ее мысли разделяли по крайней мере трое ее спутников: Дженни, вышивавшая в глубине каюты, Питер, лениво прохаживавшийся по баку, и помощник капитана, стоявший на юте. Ему было специально поручено следить за подозрительной англичанкой. К сожалению, такого мирного настроения отнюдь не разделял капитан "Сантьяго", дон Хайме де Манагос:

—Клянусь честью, нам повезло!—воскликнул он, разглядывая мачты маячившего вдалеке судна.—Эта птичка прилетела прямо из пиратского гнезда на Барбадосе. Придется повыщипать ей перышки.— Дон Хайме поднес к глазам подзорную трубу.—Я не удивлюсь, если нам представился случай потопить этого мальчишку Нортона. В последнее время он стал слишком много себе позволять.

Стоявший рядом помощник капитана осмелился возразить:

—Разрешите заметить, дон Хайме, что наша задача—как можно скорее попасть на Пуэрто-Рико. Кроме того, на борту находится дама, которую губернатор поручил нашему особому покровительству. Этот Нортон, несмотря на свою молодость, дьявольски изобретателен. Его выходки могут сильно нас задержать.

—Ерунда!—Дон Хайме сделал нетерпеливый жест. —Старый болван губернатор заразил вас своей трусостью. При нашем превосходстве в пушках и парусности мы потопим этого актеришку без всякой задержки. Распорядитесь изменить курс.

Находясь на палубе, Питер первым заметил, что "Сантьяго" резко свернул в сторону скалистого архипелага, возле которого четко вырисовывался силуэт трехмачтового судна. По движению на палубе он узнал приготовления к бою и отправился доложить об этом своей госпоже.

Леди Анна, встревоженная непредвиденной задержкой, поднялась на ют. Занятый приготовлениями к бою, дон Хайме все же не смог отказать во внимании высокопоставленной пассажирке.

—Могу я узнать ваши планы на ближайшие несколько часов, капитан?— Редкий испанец смог бы оценить эту типично английскую иронию.

—Мы слегка отклонились от курса, чтобы потопить пиратский корабль, сеньора.

—Уверены ли вы, что эта задержка необходима?

—О, да, сеньора. Это Дик Нортон—отвратительный пират, который доставляет массу неприятностей испанской короне. Я бы нарушил свой долг, не потопив его при таком очевидном преимуществе.

—И вы уверены, что жертвы с вашей стороны не будут чрезмерными?

—В сражении опасно недооценивать противника, сеньора. Однако, перевес явно на нашей стороне и я рассчитываю, что через два часа мы сможем вернуться на прежний курс.

—В таком случае, не смею вас задерживать, капитан.

—Благодарю вас, сеньора. Как только мы приблизимся к противнику, прошу вас спуститься к себе в каюту.

Те, кто не искушен в морских путешествиях, во время опасности безотчетно избегают закрытых помещений. Отнюдь не уверенная в военном искусстве дона Хайме и встревоженная проскользнувшей в разговоре оценкой репутации его противника, леди Анна поклялась себе не спускаться в каюту, пока сражение не будет закончено. В сопровождении Дженни и Питера она поднялась на полуют, чтобы не мешать активным участникам событий.

Идя в фордевинд, "Сантьяго" быстро приближался к фрегату, казалось, не проявлявшему ни малейшего желания уклониться от встречи. С этого расстояния уже можно было различить на клотике грот-мачты английский флаг, при виде которого сердце леди Анны дрогнуло.

Расстояние до англичанина продолжало стремительно уменьшаться, когда на испанском корабле раздались возгласы изумления: противник неожиданно исчез. Многие матросы перекрестились, а перепуганный помощник обратился к капитану:

—Не лучше ли, дон Хайме, прекратить погоню? Ведь недаром говорят, что Нортон научился своим фокусам у самого дьявола. Здесь явно без него не обошлось.

—Вы наслушались глупых россказней губернатора. Перекреститесь трижды, если вас это успокоит. И прикажите сбавить ход. Сейчас мы подойдем к берегу и разберемся, что случилось.

При ближайшем рассмотрении берег оказался архипелагом крошечных скалистых островков, разделенных густой сетью проливов. В один из них, очевидно, и скрылся фрегат. Входить в такой лабиринт без опытного лоцмана не решился бы даже отважный дон Хайме, в отличие от англичанина, плохо знакомый со здешними островами.

Примирившись с неудачей, дон Хайме решил для очистки совести обойти архипелаг, прежде чем вернуться на прежний курс.

Леди Анна с изумлением обнаружила, что вместо облегчения она испытывает разочарование за своего осторожного соотечественника. Однако, эти чувства оказались неоправданными. Обогнув очередной мыс, "Сантьяго" оказался нос к носу с английским кораблем, только что вышедшим из бокового пролива. Встреча была так неожиданна, что несмотря на признанное искусство испанских канониров, поспешный залп из носовых орудий не нанес англичанину большого вреда. Корабли продолжали стремительно сближаться и меньше чем через минуту в борт "Сантьяго" впились абордажные крючья.

Соотношение сил сразу изменилось. При более или менее равной численности испанские солдаты все же не могли противостоять абордажной команде пиратов. К тому же, хотя неожиданное исчезновение корабля и имело простое объяснение, оно пробудило худшие страхи суеверных испанцев. Поэтому испанские солдаты защищались не так ожесточенно как пираты нападали, постепенно отступая на корму. Они продолжали сопротивление, повинуясь скорее дисциплине, когда звук трубы подал сигнал сдаваться.

Солдаты с готовностью побросали оружие. Офицеры, слишком поздно поняв в чем дело, разразились проклятиями: испанский сигнал о сдаче был подан англичанами. Галион "Сантьяго" был взят почти без кровопролития.

Леди Анну поразила дисциплина в рядах пиратов. Одержав легкую победу, они не бросились грабить, а с безупречной организованностью начали осмотр галиона. Одна из групп направилась в сторону юта, где дон Хайме де Манагос и его помощник ожидали своей участи. Леди Анна вскрикнула от изумления. Во главе этой группы быстро и уверенно шел Шарль де Кормьер, на этот раз одетый как англичанин. Возглас Питера подтвердил, что она не ошиблась.

В смятении она отпрянула к корме, так что высокие перила полуюта скрыли ее от стоявших внизу.

Группа пиратов поднялась на ют и до леди Анны донесся знакомый голос:

—Гарантирую вашим людям жизнь и оружие, капитан. Даю вам час, чтобы высадиться на берег. Распорядитесь.

—Посмотрите, есть ли кто-нибудь на полуюте,— продолжил он, видимо, обращаясь к своей свите.

Леди Анна услышала шаги по трапу и только успела принять в должной степени повелительную позу, как на полуюте появились вооруженные пираты. Увидев знатную англичанку, они на мгновение застыли от изумления и, не произнеся ни слова, исчезли.

—Там какая-то знатная леди с двумя слугами,— услышала леди Анна.

Дон Хайме счел нужным вмешаться:

—Это почетная гостья дона Кристобаля де Монтего графиня Гринфилд, вверенная моему попечению. Она англичанка и вы не имеете права ее задерживать.

—Мне кажется, капитан, что при сложившихся обстоятельствах я могу обеспечить леди Гринфилд лучшую защиту.

Через минуту на полуют поднялся англичанин, обладавший, видимо, наиболее светскими среди пиратов манерами.

—Мое почтение, миледи.— Пират явно предпочел бы сражение подобной дипломатической миссии.—Я— помощник капитана Джон Лонгворд. Капитан Ричард Нортон свидетельствует вам свое почтение и спрашивает, не угодно ли вам будет перейти на “Элизабет”, где вас ожидают больший комфорт и безопасность.—Произнеся столь длинную тираду, он взглянул на леди Анну с некоторым испугом. В случае отказа ему пришлось бы срочно ретироваться за новыми инструкциями.

—Благодарю вас, сэр.— Несмотря на страшное зрелище только что закончившейся битвы, леди Анна испытывала желание рассмеяться.—Соблаговолите послать кого—нибудь с моими слугами за багажом.— Она проследовала к трапу и торжественно спустилась на ют.

Дик Нортон низко поклонился, приветствуя ее. Леди Анна ответила сдержанным кивком. Когда их взгляды встретились, молодые люди с трудом сохранили серьезность. Стоявший тут же дон Хайме не преминул вмешаться:

—Я уверен, сеньора, что вы предпочтете высадиться на берег со мной и моей командой, чем остаться во власти презренных пиратов.

Видя, что леди Анна затрудняется подыскать подходящие слова для отказа, Дик пришел ей на помощь.

—Не кажется ли вам, капитан, что мои корабли доставят леди Гринфилд к месту ее назначения быстрее, чем любезно предлагаемый вами остров?

—По-моему, леди Гринфилд важнее остаться под моей защитой.

—Недавние события, капитан, наводят меня на мысль, что ваша защита не всегда достаточно надежна.

—Вы воспользовались нечестным приемом, обманув мою команду ложным сигналом.

—Согласитесь, капитан, что это было придумано неплохо.

—Пусть это послужит вам утешением, когда вас повесят. Вы не только напали на военный корабль дружественной державы, но и захватили в плен знатную соотечественницу.

—Вот как! А я находился в приятном заблуждении, что вы напали первым, а я защищался.

—Ни один военный суд не поверит этой нелепой лжи. Ваша репутация в этом отношении достаточно надежна.

Леди Анна почувствовала, что ей настал момент вступить в разговор.

—Простите, что прерываю вашу беседу, джентльмены, но мои воспоминания в точности подтверждают, что вы, дон Хайме, были нападающей стороной. Благодарю вас за гостеприимство, оказанное мне на “Сантьяго”. Разрешите откланяться.

—Вы не остаетесь под моей защитой, сеньора?

—Я остаюсь под защитой английского флага, дон Хайме.

Дону Хайме, вторично побежденному, на этот раз в словесном поединке, оставалось только распоряжаться высадкой.

Глава 6

Малейшее неудовольствие английской короны могло закрыть джентльменам с Барбадоса их базу в Плимуте. Поэтому леди Анна пользовалась среди пиратов почти суеверным уважением. На борту "Элизабет" для нее был установлен тот же этикет, что и в замке Гринфилд.

Не имея опыта в общении со знатными дамами, пираты предпочитали общаться с ней через Питера, или, в крайнем случае через Дженни, на которую тоже распространялся этот страх. Сам же Ричард Нортон, обладая достаточным воспитанием, из деликатности не решался навязывать леди Анне свое общество. Однако, в первый вечер он все же передал через Питера, что осмеливается просить леди Анну об аудиенции, которая и была ему предоставлена. Его одежда и манеры не позволяли заподозрить, что он только что находился во главе опасного сражения.

—Добрый вечер, месье де Кормьер,—встретила его леди Анна.

Ричард улыбнулся.

—Добрый вечер, миледи. Сожалею, что при первой встрече представился вам под вымышленным именем.

—Если память мне не изменяет, ваши поступки тогда были лучше ваших слов.

—Но ведь и вы были со мной не слишком откровеннны.

—Насколько я помню, мне это не очень удалось.

Они с удивлением заметили, что разговаривают как старые друзья, тогда как предстоящий им деловой разговор требовал более церемонного тона.

—Надеюсь, вы не терпите на "Элизабет" больших неудобств, миледи?—спросил Ричард.—На "Сантьяго" сейчас только призовая команда и здесь вы находитесь в большей безопасности.

—Благодарю вас, мне здесь вполне удобно.

—Еще один вопрос, миледи. Куда прикажете вас доставить? Не сочтите, однако, что я вас тороплю. Ваше пребывание здесь доставляет нам всем только радость. При встрече с вами я каждый раз чувствую, что переселился в рыцарский роман.

—Для героя рыцарского романа вы достаточно загадочны,—парировала леди Анна. Церемонный тон им явно не удавался.—Вы обладаете искусством перевоплощения и каждый ваш образ так убедителен, что я просто теряюсь в догадках, кто же вы на самом деле.

—Кто я? Разумеется ваш покорный слуга, миледи. На ваши вопросы удивительно легко отвечать.

—Благодарю вас. Обстоятельства заставляют меня торопиться на Пуэрто-Рико.

—Вы будете там через три дня, миледи.

Время на корабле летело для леди Анны незаметно. Впервые после приезда в Вест-Индию она чувствовала себя в полной безопасности. Прогуливаясь по палубе, она могла беспрепятственно наблюдать за будничной жизнью корабля, казавшейся ей волшебной сказкой. Перед ней была сцена, где разыгрывается увлекательнейшее действие. Но больше всего ее поражал сам Ричард Нортон.

Леди Анна впервые поняла, почему капитан наделен на своем корабле большими правами, чем суверенный монарх в своем государстве. К нему сходились все нити, приводящие в движение этот маленький, но сложный мир, и от каждого мановения его руки, казалось, зависело, устоит ли вверенная ему скорлупка против грозной стихии. Приобретя некоторый опыт в морских путешествиях, леди Анна понимала, что Ричард Нортон совсем не похож на других капитанов. Он был не только организующим центром, но и душой всего, что происходило на корабле. Все получалось у него как бы само собой. Общаясь с командой, он не подчеркивал своего положения, и вообще, казалось, не требовал внешних знаков почтения. Его непоколебимый авторитет держался скорее на привязанности команды, чем на дисциплине. Однако, при необходимости дисциплина на "Элизабет" становилась железной и приказания капитана Нортона выполнялись не только мгновенно и точно, но и со всеми принятыми в военном флоте формальностями.

Переменчивость Ричарда Нортона напоминала леди Анне переменчивость моря в ветреную погоду. Даже цвет его глаз, казалось, то и дело менялся—от темно-серого до небесно-голубого. Впрочем, останавливаться на последнем предмете леди Анна считала для себя непозволительным, поскольку он не имел отношения к ее важнейшей миссии и не соответствовал ее положению.

Однажды в сумерках, выйдя на шканцы вместе с Дженни, леди Анна услышала взрывы смеха, доносившиеся с бака. Подойдя поближе, она увидела необыкновенную картину. Беспорядочно разместившись вдоль борта у брашпиля и на крышке фор-люка матросы с восторгом наблюдали, как их капитан прохаживается по полубаку, произнося торжественный монолог. В его манерах и походке леди Анна безошибочно узнала жестокого и надменного короля Испании Филиппа II, супруга покойной Марии Кровавой. Внимание матросов было так поглощено этим зрелищем, что леди Анна могла подойти достаточно близко, чтобы слышать все слова.

—В наших владениях никогда не заходит солнце и это делает нас выше незначительных монархов, вроде маменькиного сынка Генриха Французского, или глупой девчонки Марии Шотландской, или взбалмошной еретички Елизаветы Английской, которую в память нашей покойной супруги Марии Милостивой мы может быть удостоим своим сватовством. Поэтому, адмирал, наше достоинство не позволяет мириться с возмутительными действиями английских варваров на Барбадосе. К тому же, как ни велики сокровища, приходящие к нам из Нового Света, мы могли бы использовать и то золото, которое достается пиратам, например, чтобы повысить вам жалование, или водворить в Санто-Доминго Святую Инквизицию. Повелеваем, адмирал, избавить нас навсегда от еретика и разбойника Френсиса Дрейка и его воровской шайки.

Вслед за этим Ричард Нортон превратился в напыщенного униженно склонившегося придворного.

—Я горжусь оказанным мне доверием, ваше христианнейшее величество. Не будь я дон Перо Менендес де Авилес, если еретик Дрейк со своей бандой не отправится в ад, который его исторг.

—Раз уж вы справедливо называете нас христианнейшим, дон Перо, не забывайте, что мы любим даже своих злейших врагов и позволяем им получить отпущение грехов перед сожжением.

—Могу ли я обещать награду за голову Дрейка и его капитанов, ваше христианнейшее величество?

—Да, обещать безусловно можете, дон Перо. Скажем, тысячу дукатов за капитана Джофри Томпсона, восемьсот—за капитана Уильяма Стивенса,—у этих англичан удивительно трудные имена—семьсот—за капитана Джона Оксенхема, пятьсот—за капитана Ричарда Нортона...

—Больше! Две тысячи!—раздались возгласы. Царственный взгляд заставил их замолчать.

—Пятьсот дукатов,—повторил Филипп II, как бы не заметив, что его прервали.—И запомните, что я не принимаю оправдания в неудаче. Вы свободны.

Выйдя от короля, адмирал сменил униженность на высокомерие, обращаясь к своим капитанам.

—Господа! Его христианнейшее величество только что почтил меня особым поручением—уничтожить пиратство в Карибском море. Мой план—незаметно окружить трактир "Лев и Корона" на Барбадосе. Там в любой вечер можно застать всех пиратов сразу. А чтобы они присутствовали там наверняка, доставьте туда тайно мешок чеснока, чтобы начинить баранину...— Этот истинно английский кулинарный прием привел Дженни в такой восторг, что, забывшись, она громко захлопала в ладоши. Тотчас преобразившись в благовоспитанного джентльмена, смущенный Ричард Нортон поклонился леди Анне. Представление закончилось само собой.

На следующе утро капитан Нортон стоял на шкафуте вместе с Лонгвордом, разглядывая маячившие на горизонте мачты, судя по всему, испанского торгового судна, которое нетрудно встретить, приближаясь к Пуэрто-Рико. К ним подошел штурман Эндрю Скотт, шотландец, дезертировавший из английского флота во времена преследования протестантов.

—Мы находимся в сотне миль к югу от Пуэрто-Рико. Можно узнать твои планы, Дик?

Взглянув на Лонгворда, Дик понял, что этот вопрос—явное нарушение дисциплины—исходит не только от штурмана.

—Я хочу высадить леди Гринфилд в порту Сан-Хуан,—Скотт и Лонгворд заметили, что глаза Дика из голубых стали стальными. Оба хорошо знали, что это значит, но отступать не собирались.

—Каким образом?

—На вельботе с "Сантьяго".

Скотт попытался разрядить ситуацию.

—Мы с тобой старые друзья, Дик. Стоит ли так рисковать? Мы наверняка потеряем "Сантьяго" со всеми людьми. Кроме того, нам нужно торопиться на

Барбадос. Мы нарушим планы Дрейка, если не явимся туда через три дня. Может быть, он будет недоволен, если мы высадим эту леди на Пуэрто-Рико без его ведома.

Дик вскинул голову. Казалось, он готов был резко оборвать разговор, как вдруг застыл, осененный внезапной идеей.

—Прикажи взять курс на зюйд-вест. Просигналь на "Сантьяго" следовать за нами.

Мгновенно забыв про бунт, Скотт бросился исполнять приказание, однако, Лонгворд, в течение разговора остававшийся в стороне, позволил себе еще один вопрос.

—Что ты собираешься делать, Дик?

—Остановить вон того испанца. Предупреди людей на случай схватки.

Через час "Сантьяго" и "Элизабет" настигли испанский торговый корабль. Правильно оценив превосходящие силы противника, он повиновался приказу лечь в дрейф и спустить шлюпку. Еще через четверть часа бледный от волнения капитан поднялся на борт "Элизабет", сохраняя некоторую видимость самообладания. Чувствуя неопределенность своего положения, он заговорил первым.

—Разрешите узнать ваши намерения, капитан?

—Вы примете на борт приближенную королевы Елизаветы графиню Гринфилд с ее слугами и доставите в Сан-Хуан. Считайте, что вам повезло.

—Ты что, отпускаешь корабль?—взорвался Лонгворд.

—Ты даже не узнал, какой там груз!

—Ты совсем рехнулся из-за этой леди!—раздались голоса из толпы матросов.

Команда угрожающе загудела. Назревал настоящий бунт. Однако, Дик, умевший держаться запросто со своей командой, умел также ставить ее на место. Сейчас он даже не повысил голоса.

—Может быть, кто-нибудь знает лучший выход?

—Забрать корабль и идти к Дрейку!—крикнул из толпы матросов канонир Стивен Роджерс. Его поддержали одобрительные возгласы.

—И задержать в плену приближенную королевы,—насмешливо продолжил Дик.—Пусть уж лучше меня повесят испанцы, чем англичане!

В этот момент на шкафуте появилась леди Анна в сопровождении Дженни и матросов, тащивших ее вещи. Питер, уже стоявший у трапа, присоединился к ней.

Ее приход уничтожил всякое желание продолжать спор у матросов, и без того начавших колебаться. Впрочем, бунт вряд ли мог бы разгореться всерьез, поскольку команда "Элизабет" имела все основания дорожить своим капитаном. Питер, смертельно напуганный этой стычкой, смотрел теперь на Дика с новым уважением.

—Леди Гринфилд,—произнес Дик самым дипломатическим тоном.—Разрешите представить вам капитана "Санта-Барбары".

—Дон Патрисио де Мартинес к вашим услугам,—поклонился испанец.

—Не только ради вас, но и ради дона Патрисио я надеюсь, что вы благополучно достигнете своей резиденции на Пуэрто-Рико. Дон Патрисио отвечает за это своей жизнью,—сохраняя на лице самую почтительную улыбку, Дик бросил на испанца короткий взгляд, из которого тот понял, что это не пустая угроза.

Через полчаса леди Анна стояла на юте "Санта-Барбары", провожая взглядом удаляющиеся английские корабли.

Недавнее пребывание на "Элизабет" казалось ей волшебным сном, ненадолго прервавшим путешествие на Пуэрто-Рико. Глядя на снующие фигуры, еще различимые на палубе, она вспомнила поговорку португальских мореплавателей, которую рассказывал при дворе португальский посол: "Плавать по морю необходимо, остаться в живых—нет". Что заставляло эту горстку людей бросать вызов сразу трем столь чуждым для них стихиям: бурному океану, незнакомым землям и могущественной испанской империи? Свобода, слава, богатство, относительная простота существования—все эти очевидные объяснения казались слабыми при столкновении с реальностью. Каждого из них скорее всего ожидала гибель. Леди Анне пришла в голову мысль, которая показалось бы ее окружению нелепой,—что этими людьми движет грандиозность дела, которому они служат, сами того не подозревая. Эти простолюдины, наполовину преступники, напомнили ей рыцарей круглого стола, а Ричард Нортон—сильный, романтичный и загадочный,—непобедимого сэра Ланцелота. Что же вдохновляет его на подвиги? Или, точнее, кто вдохновляет?...

—Капитан Мартинес спрашивает, когда вам угодно пообедать?— Голос Дженни вовремя вернул леди Анну к реальности.

—Все равно,—рассеянно ответила она.

—В два часа,—передала Дженни ожидавшему ответа матросу.—Какой все-таки красавчик капитан Нортон,—продолжала она,пристраиваясь рядом с госпожой и, заметив приближающегося Питера, громко добавила:—Вот бы он ко мне посватался!

—Больно ты ему нужна,—проворчал Питер.

—Да, правда,—вздохнула Дженни.—Он на меня и не взглянул, все смотрел на госпожу как завороженный. Был бы он лордом...

Леди Анна с удивлением заметила, что эти слова не рассмешили ее, а возмутили, и с трудом оторвала взгляд от английских кораблей, уже превратившихся в точки на горизонте.

Глава 7

С юта "Элизабет" фигуры людей на удаляющейся корме "Санта-Барбары" выглядели призрачными. Дику казалось, что он угадывает среди них леди Анну—ближайшее к борту неподвижное белое пятнышко. Глядя на нее, Дик невольно подумал, как все они бесповоротно далеки от того мира, к которому она принадлежит.

Почему каждый из них втайне мечтает о скромной доле в Англии, готовый поступиться свободой, славой и богатством в Карибском море? Почему они чувствуют себя изгоями в этом сказочном мире? Чем лучше та жизнь, в которую для них уже нет возврата? Штурман Эндрю Скотт был бы трактирщиком на берегу Клайда. Он кланялся бы каждому, кто покупает на грот кружку пива и дрожал бы перед сборщиком налогов, таможеником или разбойником—горцем. А здесь он не кланяется самому Дрейку, швыряет золото в "Льве и Короне" и не боится никого, кроме, разве что, Молли Сандерс. Джон Лонгворд, помощник капитана, был бы доктором у себя в Кенте, ставил бы пиявки и накладывал компрессы, а в свободное время выращивал бы цветы у себя в садике размером с вельбот. А здесь в его услугам целые заросли диковин, о которых ни Оксфорд, ни Сорбонна, не смеют и мечтать. Канонир Стивен Роджерс стал бы средней руки сквайром. Он владел бы клочком земли и его единственным развлечением была бы лисья охота. А здесь он может в любой момент стать владетелем

целого острова, а вместо облезлой лисы его дичь—
испанский фрегат, нагруженный сокровищами.

Почему же сам Дик хотел бы теперь вернуться к
спокойной жизни в Англии, когда с детства он мечтал
странствовать как сэр Ланцелот, совершая подвиги в
честь своей королевы? Что привлекает его к
спокойной жизни в Англии? Или, точнее, кто
привлекает?..

—Кривой Джо просит на "Сантьяго" еще дюжину
людей,—раздался у него над ухом голос Лонгворда.

Без умения быстро возвращаться к реальности,
Дик недолго пробыл бы капитаном.

—Пошли троих,— распорядился он, не
задумавшись ни на секунду.

Если Англия была для пиратов далеким, почти
призрачным символом, который их всех объединял, то
Барбадос был той реальностью, которая сводила их
вместе. Здесь была твердая земля под ногами, здесь
можно было на время забыть об испанцах, здесь не
было той железной дисциплины, которую навел Дрейк
на своих кораблях, здесь они могли выбирать по вкусу
еду, компанию и развлечения.

Единственным местом встречи и центром жизни в
порту был трактир "Лев и корона". Там же находилась
береговая резиденция Дрейка—громкое название для
маленькой комнатки, основательно защищенной от
непрошенных вторжений. Именно сюда направился
Дик Нортон, увидев, что на "Золотой Лани" не виден
личный флаг адмирала. Как он ни торопился, молва
опередила его и он застал Дрейка в нетерпеливом
ожидании.

Френсис Дрейк, живая легенда Елизаветинских времен, заслуживает здесь отдельного описания. Знаток исторических хроник так характеризует его внешность: "Этот невысокий плотный здоровяк казался моложе своих лет. У него были вьющиеся каштановые коротко подстриженные волосы, острая бородка и пышные усы. Главным украшением круглого лица были широко открытые веселые голубые глаза и готовый лукаво улыбнуться небольшой рот. Английский жизнеописатель Дрейка Бенсон отметил на всех его протретах 'удивленный и в то же время настороженный взгляд, как будто он узнал только что о чем-то крайне важном и очень смешном и тут же готов действовать, не исключено что за чей-то счет'. Как бы продолжая эту мысль, другой английский исследователь, Уилкинсон, говорит: 'это, без сомнения, самое внимательное и открытое лицо во всей портретной галерее елизаветинского времени'. Лицо было открытым, но настороженным". Лишенный уверенности, которая в те времена давалась знатным происхождением, Дрейк окружал себя внешним великолепием, доходившим до смешного. Впоследствие он обзавелся свитой из трех лакеев и трех музыкантов, но в то время ограничивался богатым убранством своих помещений и тремя парадными камзолами. Следует упомянуть, что самый роскошный камзол был сшит из лилового бархата, который был строжайше запрещен к ношению Генрихом VIII, очень любившим лиловый цвет. Такое почти болезненное пристрастие к роскоши оправдывалось отчасти желанием не ударить в грязь лицом перед испанской, да и английской знатью, а отчасти стремлением привлекать к себе людей, поддерживая преувеличенные слухи о своем богатстве. Дик, воспитанный как сын лорда, относился к этой роскоши скорее с иронией, чем с благоговением, но благоразумно держал свои мысли при себе.

Увидев Дика, Дрейк перешел прямо к делу.

—Все донесения, кроме твоего, уже получены. Они сходятся.

—Могу ли я узнать их содержание, сэр?

—Золото вывозят из Сьерра де ла Тина в Санто-Доминго через неделю. Караван мулов и сорок солдат охраны. Только не говори мне, что слышишь это впервые.

—Я ни в малейшей степени не ставлю ваши слова под сомнение, сэр, но я не уверен, что дело обстоит именно так.

—Говори.

—По моим сведениям золото уже свезено в Санто-Доминго и укрыто в подвалах восточной башни форта. Примерно через неделю его погрузят на корабли и отправят с конвоем в Испанию.

—Ты в этом уверен?

—Не вполне, сэр. Один человек полностью подтвердил ваши сведения.

—Откуда же взялась другая история?

—От испанской охраны форта, от лакеев губернатора, от племянника коменданта и от офицеров гарнизона.

—Обширный список визитов. Где же ты их всех разыскал?

—В одном и том же месте, сэр. В трактире возле форта, где я имел удовольствие проводить вечера...

—Поэтому ты вернулся позже всех?

Дик с неудовольствием почувствовал, что краснеет.

—Я задержался, сэр, чтобы высадить на Пуэрто-Рико английскую графиню, приближенную королевы...

—Доверенную тебе непосредственно ее величеством!

—Она была на борту "Сантьяго", атаковавшего меня возле архипелага Мона.

—Комендант порта Сан-Хуан наверное счел визит "Элизабет" в свою гавань несколько необычным.

Может быть, присутствие захваченного тобой "Сантьяго" усыпило его подозрения?

—Я пересадил ее на "Санта-Барбару", шедшую прямо на Пуэрто-Рико. Ее капитан не счел мою просьбу затруднительной для себя.

—Я ни в малейшей степени не ставлю твои слова под сомнение, Дик, но я не уверен, что дело обстоит именно так.

—Слушаю вас, сэр.

—Если у нас объявилась приближенная королевы, я хочу знать о ней все. Не говори, что ее пребывание в Санто-Доминго осталось для тебя такой же тайной как отправка золота.

Дик снова почувствовал, что краснеет.

—Напротив, сэр. Мне довелось защищать ее от солдат возле того же трактира.

—Приближенная королевы ходит по Санто-Доминго без охраны? Она, конечно, стара и безобразна?

—Нет, сэр, она молода и хороша собой.

—Смотри, как бы у тебя не вошло в привычку ее спасать. Такие привычки иногда бывают опасны.

Глава 8

Король Испании Филипп II получал одну пятую доходов, вывозимых испанцами из Нового Света. В расцвет своего могущества Испания ежегодно собирала со своих владений в Вест-Индии 670 тысяч золотых дукатов. Это превышало общий доход английской королевы, которую Филипп II презрительно называл "повелительницей половины острова". На Гаити золото собирали в хорошо укрепленном форте Сьерра де ла Тина, откуда караван мулов доставлял его с вооруженным конвоем в Санто-Доминго. Для всякого охотника за богатством караван мулов был несомненно более легкой добычей, чем крепость или флотилия военных кораблей. Неудивительно, что время отправления каравана хранилось в строжайшей тайне и Дрейк поручил раскрыть эту тайну своим лучшим агентам. Его план был прост: незаметно высадиться в небольшой бухте между Бараоной и Санто-Доминго, пересечь пешком две мили джунглей и перехватить караван там, где ему не мог бы помочь губернатор, дон Кристобаль де Монкада.

Флотилия Дрейка состояла из пяти кораблей: флагмана "Золотая лань" под командой самого Дрейка, "Мериголд" под командой Уильяма Стивенса, "Кристофер" под командой Джофри Томпсона, "Элизабет" под командой Дика и "Лебедь" под командой Джона Оксенхема. Остальные корабли эскадры обеспечивали отступление, дожидаясь Дрейка в условленных местах.

Пять кораблей подошли к бухте на закате, ведя за собой на буксире шесть легких одномачтовых пинасс. Высадка должна была состояться на рассвете. В полночь на "Золотой лани" собрались на совещание капитаны пяти кораблей.

—Сэр,—сдержанно начал Стивенс.—Команда беспокоится.

—Наверное, боцман рассказал им на ночь слишком страшную сказку,—насмешливо заметил Дрейк.

—Боюсь, что он в сговоре с моим боцманом, сэр,—вступился Дик. Дрейк нахмурился.

—А как у вас, Томпсон?—спросил он.

—Шепчутся и вглядываются в берег, сэр,—ответил Томпсон.

—И без конца проверяют оружие, сэр,—подхватил Оксенхем.

—Похвальный боевой дух,—упорствовал Дрейк.—Надеюсь, мы не отстаем, Роберт?—повернулся он к своему помощнику Барнаби.

—Боюсь, что нет, сэр.

—Что ж,—заметил Дрейк.—Настроение команды—как ветер, а капитан—не более чем флюгер, не так ли?

Капитаны невозмутимо молчали, ожидая продолжения.

—Джентльмены,—сказал Дрейк совсем другим тоном.—Трех перепуганных команд вполне достаточно, чтобы захватить один караван мулов. Чтобы успокоить людей, оставим "Кристофер" и "Лебедь" крейсировать в открытом море и охранять вход в бухту. Осторожность не помешает. Сигналом опасности будет пушечный выстрел. Томпсон!

—Сэр?

—Займите позицию к востоку на траверсе того большого мыса. Оксенхем, вы будете охранять бухту с запада.

—Есть, сэр.

—Слушаюсь, сэр.

—Что касается матросов, то действие—лучшее средство против уныния. Мы решили высаживаться на рассвете? Что ж,—Дрейк показал на восходящую луну.—Солнце поднимается, наступает рассвет, пора!

При свете луны три корабля, входящие в гавань, выглядели как призраки. Они двигались осторожно, но уверенно: фарватер был разведан еще две недели назад. Корабли бросили якорь в двенадцати кабельтовах от берега. Пинассы были подтянуты к бортам, а шлюпка с добровольцами отправилась к берегу, чтобы проверить, нет ли там засады. Вскоре на берегу зажглось три факела—сигнал, что путь свободен. Высадка началась в два часа ночи, на три часа раньше, чем предполагалось.

Из ста шестидесяти человек, составлявших команды трех кораблей, в джунгли отправлялось семьдесят. Среди них было тридцать лучников, тридцать мушкетеров и пятеро индейцев-проводников, вооруженных мачете, чтобы прорубаться через джунгли. Арьегард составляли два трубача, два барабанщика и четыре погонщика мулов. Было решено взять с собой две кулеврины на случай, если конвой каравана окажется слишком многочисленным. Дрейк и Дик командовали десантом, а Стивенс оставался во главе флотилии. Его задача была проста: три пушечных выстрела—сигнал к возвращению в случае опасности, если к вечеру десант не вернется и не пришлет вестника—дать пушечный залп и уходить.

Шесть человек под командой Лонгворда остались охранять пинассы. Вскоре треск ломаемых веток и глухие проклятия возвестили о том, что десант входит в джунгли. В тишине ночи звуки казались преувеличенно громкими.

—Эти медведи распугают к чертям и мулов, и испанцев,—выругался Лонгворд.—Я всегда говорил, что индейцы—безмозглые дикари. У нас в Кенте любой лесоруб свалит трехфутовую сосну так, что и заяц не проснется!

—Топоры были бы лучше,—подтвердил один из матросов с видом знатока.

—Они не так уж шумят, просто ночь тихая,— сказал самый молодой из матросов по прозвищу "соловей". Его прозвали так после того, как он прочел Молли Сандерс двустишие собственного сочинения.

—Небось, слышно, что говорят на корабле,— отозвался Лонгворд.

Они повернули головы к морю и прислушались. Звуки в лесу по какой-то причине затихли. Вода в гавани была зеркально спокойна, а отдаленный шум прибоя, казалось, подчеркивал наступившую тишину.

Грохот пушечного выстрела заставил содрогнуться и скалы, и воду и джунгли. Завороженные тишиной собеседники не сразу осознали происходящее. Лонгворд первый стряхнул с себя оцепенение и вскочил на ноги.

—Это "Кристофер"!—воскликнул он.—Тревога!

Подтверждая его слова с "Мериголд" прогремело три пушечных выстрела и воздух наполнился криками потревоженных чаек. Стивенс подавал сигнал к отступлению.

К этому времени десант углубился в джунгли не более чем на триста ярдов. Громкий спокойный голос Дрейка предупредил панику:

—Сохранять строй! Бросить кулеврины! Вернуться к пинассам!

Погрузка на пинассы заняла не более получаса. Когда первая пинасса отчалила от берега, в открытом море началась канонада. Пушечные залпы доносились с двух сторон. Было ясно, что "Кристофер" и "Лебедь" ведут перестрелку по меньшей мере с четырьмя кораблями испанцев.

Вопреки ожиданиям, Дрейк не вернул экипаж пинасс на корабли, а послал их под командой Дика в открытое море. Прежде чем высадиться на "Золотой лани", он приказал Дику:

—Если испанцы двинутся в гавань, пропусти двоих—я с ними справлюсь. Возьми на абордаж третий. Попробуй помочь Томпсону или Оксенхему,— и, повернувшись ко всем пинассам, он громким голосом произнес:—С Богом, вперед! И помните, что наши враги—всего лишь люди.

Пинассы двинулись к выходу из гавани, держась поближе к береговым скалам. Они едва успели приблизиться к высоким утесам, окаймлявшим довольно узкий пролив, когда в бухту вошел первый испанский корабль—флагман эскадры "Мадре де Диос" под командой адмирала дона Перо Менендес де Авилес. У него было больше пушек, чем у трех кораблей Дрейка вместе взятых, и он рассчитывал потопить противника первыми же залпами. Может быть, это ему и удалось бы, если бы "Кристофер" и "Лебедь" не предупредили Дрейка об атаке испанцев.

Дав залп из носовых пушек, флагман сменил курс, уступая место второму кораблю эскадры, "Бонаволио", входящему в гавань вслед за первым. Дик скомандовал пинассам держаться ближе к скалам, чтобы выскользнуть из бухты при первой возможности. Впрочем, даже если испанцы и заметили пинассы, они не могли позволить себе тратить на них заряды перед лицом настоящего противника.

"Бонаволио" также дал залп по кораблям Дрейка и так же не достиг цели. Пушки XVI века, по выражению современников, производили больше шума и дыма, чем разрушений. Стрельба могла быть прицельной на расстоянии не далее двухсот ярдов, как и у мушкетов. Поэтому и Дрейк и дон Перо стремились теперь идти на сближение. Пинассы, меж тем, пропустив "Бонаволио" одна за другой двинулись к выходу из гавани.

—Струсили и удирают,—презрительно заметил помощник капитана “Мадре де Диос”.—Боюсь, что и сам Дрейк бросил корабли и прячется теперь в джунглях. Придется травить его по всему острову, как барсука.

—Я презираю англичан за многое, но не за трусость,—возразил дон Перо.

Словно в подтверждение его слов раздался залп почти одновременно грянувших пушек “Золотой лани”, “Мериголд” и “Элизабет”. Не тратя понапрасну заряды, англичане подпустили испанцев на достаточно близкое расстояние и их ядра, нацеленные в корпус корабля, нанесли некоторый ущерб, сбив фальшборт на “Бонаволио” и расщепив палубную надстройку на “Мадре де Диос”.

Дав короткий ответный залп, испанцы поменяли галс, стремясь приблизиться к англичанам с наименьшим ущербом для себя. Им предстояла нелегкая задача. Уступая испанцам в количестве орудий, корабли Дрейка превосходили их легкостью и маневренностью. Шансы были примерно равны и исход дуэли зависел от удачи не меньше, чем от тактического искусства.

Кораблем, оставшимся на долю Дика, был “Сан-Кристобаль”. Увидев его возле выхода из гавани, Дик скомандовал пинассам двигаться вперед и вскоре маленькие суденышки окружили корабль, защищенные от испанских пушек его высокими бортами. Капитан “Сан-Кристобаля”, полагая вначале как и помощник капитана “Мадре де Диос”, что пираты удирают в открытое море, на всякий случай все же приготовился к абордажу. Поэтому крючья, взлетевшие одновременно со всех пинасс, не застали его врасплох.

Дружный залп испанских мушкетов ранил и убил несколько пиратов. Дик, однако, вовсе не рассчитывал на внезапную атаку. Отборные английские лучники и мушкетеры, засевшие на палубах пинасс, вели активную стрельбу, пока больше трех дюжин пиратов не оказалось на борту испанского галиона. Ярость, вызванная потерей сокровища, дала нападавшим перевес. Кроме того, команда пинасс состояла из лучших бойцов, выбранных для захвата каравана. Поэтому из ста двадцати человек команды "Сан-Кристобаля" вскоре осталось не более пятидесяти. Примерно сорок человек было убито выстрелами, а около тридцати сброшено в воду. Со стороны англичан битву продолжало шестьдесят человек. Шансы могли еще уравняться, но когда капитан "Сан-Кристобаля" был убит выстрелом из лука, испанцы побросали оружие.

Возиться с побежденными было некогда и им было предложено прыгать за борт и плыть к берегу. Дик с грустью смотрел, как эти храбрые солдаты, с честью выполнявшие свой долг и верные своей религии, прыгали в воду стараясь не глядеть на распростертые на палубе трупы товарищей. Многие из них были ранены и знали, что скорее всего утонут, не доплыв до берега. Дик подумал, что это сражение—одно из тех, которыми он никогда не будет гордиться. Он предпочитал побеждать не грубой силой, а изобретательностью, часто спасавшей так много жизней с обеих сторон.

Канонада в гавани между тем продолжалась. Судя по интенсивности залпов корабли Дрейка с честью держали оборону и не нуждались в немедленной помощи. Можно было заняться более насущными делами.

Внимание Дика отвлекли громкие крики на палубе. Повернув голову, он увидел пожилого, явно не военного человека лет пятидесяти, отчаянно цепляющегося за окружающих.

—Пощадите!—кричал человек на плохом английском.—Я не умею плавать!— Он бросился на колени перед Кривым Джо и простер к нему руки. Кривой Джо, зная слабости Дика, вопросительно посмотрел на него. Перехватив этот взгляд, человек бросился к Дику.

—Господин адмирал!—кричал он.—Я не испанец, я португалец! Пощадите меня! Я лучший лоцман во всем Новом Свете!

—Как ваше имя?—спросил Дик по-португальски.

—Нуньос да Сильва, господин адмирал.

—Запритесь в своей каюте, да Сильва,—приказал Дик.—Малейшее беспокойство...

—Понимаю!—воскликнул португалец, пятясь к трапу.—Благослови вас Бог, господин адмирал. Вы об этом не пожалеете.

Захватив "Сан-Кристобаль", Дик смог наконец осмотреть поле боя. Недалеко от восточного мыса сильно поврежденный "Кристофер" продолжал обмениваться залпами с двумя противниками. "Кристоферу" не угрожала непосредственная опасность. Один из испанских кораблей, "Изабелла де Кастиль", сносило к рифам сильным боковым течением и его капитан пытался вырулить, чтобы не получить пробоину. На втором корабле, "Глория де Арагон", тушили пожар.

С "Лебедем" дело обстояло гораздо хуже. У одного из его противников, галиона "Санта-Роза" была сбита грот мачта и он потерял управление. Зато второй корабль, "Кастелланос", был почти не поврежден и расстреливал "Лебедя" в упор из бортовых орудий. "Лебедь" получил пробоины чуть выше ватерлинии и Оксенхем сбрасывал в воду пушки, чтобы удержаться на плаву.

—Лечь на правый галс,—скомандовал Дик.—Приготовить пушки правого борта!

Капитан "Кастелланос", занятый сражением с "Лебедем", не видел исход абордажа и не знал, друг или враг приближается к нему под испанским флагом. Из осторожности он приготовил орудия левого борта, но не мог пустить их в ход, не удостоверившись, что "Сан-Кристобаль" захвачен англичанами.

Дик рассеял его сомнения, подойдя на сто пятьдесят ярдов и дав бортовой залп по “Кастелланос”, целясь в уровень ватерлинии. Ответный залп “Кастелланос” был направлен по снастям, так как капитан рассчитывал попытаться отобрать корабль у пиратов. Однако, повреждения, нанесенные “Кастелланос”, были настолько велики, что у него сразу появились другие заботы. Корабль начал тонуть.

Маневренность “Сан-Кристобаля” была сильно снижена, но Кривой Джо, выполнявший роль штурмана, сумел все-таки поменять галс. Проходя мимо “Санта-Розы”, “Сан-Кристобаль” дал бортовой залп и замедлил ход, подходя к тонущему “Лебедю”, уходившему носом под воду. Команда Оксенхема сгрудилась на корме. Корабли сцепились абордажными крючьями, люди, поддерживая раненых, перебрались на “Сан-Кристобаль”, и канаты были обрублены за считанные минуты до того, как “Лебедь” пошел ко дну.

Теперь пора было идти на помощь “Кристоферу”. Повреждения рангоута и такелажа не позволяли “Сан-Кристобалю” развить достаточную скорость и было ясно, что “Кристофер” будет потоплен раньше, чем Дик успеет вступить в бой. “Глория де Арагон” уже справилась с пожаром, а “Изабелла де Кастиль” сумела обогнуть риф и они могли уделить все внимание своему одинокому противнику.

Понимая, что исход битвы может быть решен в любую секунду, Дик дал залп издали, чтобы отвлечь огонь на себя. По счастью именно в этот момент из гавани один за другим вышли “Золотая лань”, “Мериголд” и “Элизабет”. Они выглядели поврежденными, но сохранившими боеспособность. Правильно оценив положение, все три корабля взяли курс к восточному мысу.

Оставалось только гадать, что случилось с их противниками. Храбрые, но не безрассудные капитаны "Изабеллы де Кастиль" и "Глории де Арагон" предпочли спастись бегством.

Через два часа капитаны Дрейка снова собрались на "Золотой лани". Эскадра медленно двигалась к архипелагу Мона, где укромная бухта одного из островов служила им временной базой.

На сей раз капитаны полностью разделяли подавленное настроение команды. Итоги битвы были неутешительны. "Лебедь" и "Кристофер" были потоплены, хотя их команды удалось спасти почти целиком. В левом борту "Золотой лани" зияла пробоина, наспех заделанная парусиной. Корабль мог пойти ко дну при любом шторме, хотя в тихую погоду он был в относительной безопасности. На палубе "Мериголд" были сбиты надстройки и сильно поврежден такелаж. У "Элизабет" был сбит бушприт и штурману Эндрю Скотту пришлось вести корабль, обходясь без передних косых парусов. Впрочем, и испанцам был нанесен немалый ущерб. Флагман "Мадре де Диос", плохо зная фарватер в гавани, разбил руль о подводную скалу и не смог преследовать корабли Дрейка. "Бонаволио", не имея сведений о расстановке сил, не решился покидать своего предводителя и медленно отбуксировал флагман из гавани. "Сан-Кристобаль", захваченный Диком, с поврежденным рангоутом и такелажем не мог продолжать путь и Дрейк приказал пустить его ко дну. "Кастелланос" затонул у западного мыса. "Санта-Роза" со сломанной гротмачтой и множеством пробоин осталась на плаву в беспомощном состоянии. "Изабелла де Кастиль" и "Глория де Арагон" спаслись бегством в открытое море. Дрейк с честью ускользнул из ловушки, но остался без сокровища.

—Караван, наверное, уже подходит к Санто-Доминго,—с сожалением сказал Оксенхем, глядя на высоко поднявшееся солнце.

—Кажется, испанцы хорошо знали, когда и где застать нас врасплох,—заметил Стивенс.

—Похоже на ловушку,—подхватил Томпсон.

—А может быть, нас заманили в эту ловушку, чтобы спокойно вывести золото в Испанию,—задумчиво сказал Дрейк.—После такой битвы без долгого ремонта нам не обойтись. А золото пока уплывет.

—Но тогда золото должно быть уже в гавани?—спросил Оксенхем.

—Нортон!—Дрейк повернулся к Дику.—Повтори то, что ты узнал про золото. Напрасно я тебе не поверил—боюсь, что ты один оказался прав.

—Сведения всегда собираешь по кусочкам, сэр,—начал Дик.—Люди часто противоречат друг другу и даже сами себе. Из моих кусочков выходило, что золото свезено в восточную башню форта дней десять назад и его отправят в Испанию в ближайшую неделю. Только одно обстоятельство заставило меня сомневаться: старый знакомый из Сан-Хуана сам меня разыскал, чтобы рассказать про тот самый караван, за которым мы сегодня отправились.

—Откуда ты его знаешь?

—Это арендатор сэра Томаса Болдуин.

—Толстяк со шрамом на левой щеке?—спросил Оксенхем.

—Точно,—ответил Дик.—Джеймс Таккер.

—Он продал ту же историю моему боцману!—воскликнул Оксенхем.

Воцарилась тишина. Не было сомнений, что утреннее приключение было кем-то подстроено. Но кем?..

—По крайней мере,—сказал Дрейк,—мы теперь знаем, где находится золото. И я не собираюсь там его оставлять. Кто со мной?

Глава 9

Мудрый и предусмотрительный дон Патрисио де Мартинес рассудил, что доставит удовольствие всем сторонам, если сразу же известит английского консула сэра Томаса Болдуина о прибытии его знатной соотечественницы. Поэтому, когда леди Анна сошла на берег, она увидела то, чего не могла бы предвидеть при всем своем воображении: сцену из английской провинциальной жизни. Ее ожидал сэр Томас Болдуин в мундире английского офицера со свитой, одетой по-английски в вышедшие из моды французские камзолы, и с каретой, запряженной по-английски шестеркой испанских лошадей.

Мысленно проклиная усердие дона Мартинес, она приняла любезное предложение сэра Томаса занять в его доме королевские апартаменты, названные так потому, что несколько лет назад в них собирался остановиться знатный племянник герцога Медины дон Франциско де Зарате.

Не в пример Санто-Доминго климат Сан-Хуана вполне подходил для поправления ослабленного здоровья леди Анны. Это объяснялось тем, что в Сан-Хуане у Елизаветы не было агента вроде ювелира Барбьери и скрытые поиски дона Фернандо требовали времени. Пока Питер рыскал по городу, стараясь завести побольше знакомств, леди Анна с той же целью держала открытыми двери своего дома. Этот образ жизни таил в себе немало опасностей, так как несколько молодых офицеров сочли, что их знатность позволяет им добиваться руки богатой графини. Вдали от Испании различие вероисповеданий не казалось непреодолимым препятствием, а для наиболее опасного претендента это препятствие и вовсе не существовало.

Если для пиратов Дика Нортона желанное возвращение в Англию было отказом от надежды разбогатеть, то перед сэром Томасом открылась блестящая возможность разбогатеть, вернувшись в Англию. Женитьба на леди Анне по меньшей мере удвоила бы его состояние и открыла бы путь к милостям Елизаветы. Жизнь научила его выжидать и леди Анна не могла не чувствовать признательности за то бескорыстие, с которым он ограждал ее от претендентов. Даже такие строгие ревнители как Дженни и Питер не нашли к чему придраться в его поведении, хотя каждый вечер разыгрывали перед леди Анной пародии на остальных неудачливых поклонников.

Размеренность жизни делает дни похожими друг на друга и счет им теряется. Поэтому, хотя леди Анна и не чувствовала себя такой счастливой, как на "Элизабет", девять дней пролетели для нее незаметно. Это могли бы быть один день, неделя или месяц. Но десятый день показал, что это было всего лишь затишье перед бурей.

Утром этого дня леди Анна по обыкновению отправилась на верховую прогулку вглубь острова одна, то есть в сопровождении вооруженной охраны.Сразу после ее отъезда сэру Томасу доложили о прибытии испанского офицера из Санто-Доминго, дона Паоло де Альварес.

Сэр Томас на три столетия опередил Честертона, сообразив, что самые тайные разговоры лучше всего вести на виду у всех. Он принял испанца на открытой веранде, где для возможных шпионов не было укрытия ближе, чем в пятидесяти шагах.

—Должен огорчить вас, сэр Томас. Ваши соотечественники проиграли сражение.

—Дрейк захвачен живым?

—Вынужден вас обрадовать, ему удалось спастись. Хотя собрать эскадру, боюсь, удастся не скоро.

—А подробности?

—Вы узнаете их из письма адмирала.— Дон Паоло протянул сэру Томасу скромный вчетверо сложенный пергамент, в котором никто не заподозрил бы письма одного вельможи другому, немыслимого в те времена без целого созвездия восковых печатей.

"Ваша недавняя услуга Испании оказалась самой значительной. Указанные Вами шпионы Френсиса Дрейка купили у моих агентов продиктованные мною сведения и пиратский адмирал попал в остроумно придуманную Вами ловушку у южной оконечности острова Гаити к востоку от Санто-Доминго. К сожалению, наши потери оказались больше, чем мы предполагали и Дрейку удалось уйти с тремя кораблями. Среди них и фрегат "Элизабет", но я помню Вашу просьбу относительно Нортона и он от нас не уйдет. Преподобный падре Доминго приедет в Сан-Хуан на следующей неделе и передаст вам обусловленную сумму в пять тысяч золотых дукатов. Во избежание недоразумений прошу вас сохранить это письмо до его прибытия. Дон Паоло де Альварес уполномочен обсудить с Вами дальнейшие действия. Вы можете всегда рассчитывать на признательность и покровительство

адмирала Перо Менендес де Авилес."

Прочтя письмо, сэр Томас нахмурился. Для него это было сообщением о неудаче. Его не очень радовало, что испанцы сохранили золото и совсем не огорчало, что Дрейк ушел живым. Пока он был на свободе, испанцы были заинтересованы в английском союзнике. Но вместе с Дрейком на свободе оставался Дик Нортон—человек, ради уничтожения которого сэр Томас пошел на предательство и, что еще хуже, предательство, связанное со смертельным риском. Как будто само небо делало неуязвимым этого мальчишку. Или сам дьявол, как думают испанцы...

Эти благочестивые размышления были прерваны топотом копыт и сразу же последовавшим восклицанием дона Паоло. Сэр Томас поднял голову и увидел леди Анну, возвращающуюся с прогулки.

—Это же графиня Гринфилд!—вскричал испанец.—Клянусь дьяволом, сейчас покажется и дон Фернандо!

—Дон Фернандо?

—Ну, да, дон Фернандо Аррендес!—и разговорчивый дон Паоло поведал о знаменитой верховой прогулке на Гаити. Не будучи очевидцем, он не был связан фактами и наполнял свой рассказ подробностями, столь же захватывающими, сколь и невероятными. Сэр Томас слушал его с интересом, но если бы дон Паоло был меньше поглощен своим красноречием, он бы заметил, что интерес этот вызван не пикантными деталями, а чем-то более серьезным.

С глаз сэра Томаса неожиданно сорвали пелену. Масса мелких странностей, окружавших до сих пор леди Гринфилд, вдруг получили ошеломляюще—простое объяснение. "Каким же я был дураком!—мысленно воскликнул он.—Победа у меня в руках. К делу!"

Сэр Томас приступил к делу в тот же вечер.

—Перед вами, миледи, самый несчастный человек на свете,—начал он, едва переступив порог.

—Будь вы испанским офицером, я бы подумала, что вы предлагаете мне руку и сердце.

—Прямо напротив, миледи. Мой корабль "Ройял Эдвард" сегодня вошел в гавань.

—Что же вас огорчает?

—Проклятая посудина не потонула, не сгорела и не захвачена пиратами.

—Примите мои соболезнования.

—А мне не до шуток! Ведь теперь вы сможете в любой момент возобновить путешествие.

—Ах, вот вы о чем!

—Моя единственная мечта—чтобы этот момент наступил не скоро. Лучшего климата вам не найти на всех здешних островах. Конечно, испанские мальчишки вам докучают, но ведь такого рода трудности будут сопровождать вас повсюду, как звезды сопровождают луну. Впрочем, скажите слово— и я убью их на дуэли.

—Прошу вас, даруйте им жизнь, а я уеду на Ямайку через три дня.

—Повинуюсь, как подчинился бы смертному приговору. Дойдя до двери, сэр Томас остановился.

—Кстати, горячо рекомендую вам на Ямайке моего друга дона Фернандо.

Леди Анна выпрямилась в кресле.

—У вас нет повода для волнений—его фамилия не Родригес де Леон.

Умелый придворный интриган ослабил бдительность леди Анны банальными комплиментами, а затем нанес убийственный удар. Леди Анна поняла, как чувствует себя рыцарь, когда его неожиданно выбивают из седла. Она была совершенно оглушена и не могла собраться с мыслями.

—Что вам известно о доне Фернандо Родригес де Леон?—с трудом произнесла она.

—Он убит.

Ответом был вопросительный взгляд.

—Если помните, в 1554 году мы покинули Англию на одном корабле. По дороге он вызвал меня на дуэль. Как видите, в живых остался я.

Все еще оглушенная, леди Анна смогла задать только прямой вопрос.

—Меня интересуют его бумаги.

—Они посланы наследникам в Испанию. Я полагаю, что вас интересует только одно письмо. Оно у меня.

Сэр Томас вернулся и присел на краешек кресла.

—Согласитесь, что это письмо можно использовать по-разному. Я могу вернуть его королеве Елизавете и получить королевскую награду. Но государи не прощают тем, кто знает их тайны и моя жизнь недорого бы стоила после такого поступка. Я мог бы отдать его Марии Шотландской или Филиппу Испанскому—они претендуют на английский престол и хорошо заплатили бы за письмо, но Англия заплатила бы за это гражданской войной. Наконец, я мог бы отдать его вам.

Леди Анна медленно встала, и сэр Томас поспешил последовать ее примеру.

—Взамен я прошу вашей руки.

Леди Анна смертельно побледнела и снова опустилась в кресло. Когда она смогла заговорить, ей показалось, что голос доносится к ней издалека.

—Вы смешиваете судьбу Англии с собственными желаниями.

—В том же можно упрекнуть и вас. Вы лучше меня знаете, что происходит в Англии. Королева бедна, королевство истощено. Знать нищает и вырождается. В стране царит беспорядок, а правосудия нет и в помине. В довершение всего, помимо внутренних раздоров—войны с Францией и Шотландией, которые зажали нас в тиски. За границей у нас много стойких врагов, но нет стойких друзей. Письмо королевы будет пробоиной в захваченном бурей корабле. Стоит ли колебаться, когда корабль можно спасти?

Леди Анна почувствовала себя как человек, который должен броситься в пропасть и знает, что если он не решится на это сейчас, то не решится никогда. Отказаться от письма у нее и в мыслях не было, уговаривать сэра Томаса было бесполезно, а из брака с ним был простой выход—смерть. Она была в том состоянии, когда люди не взвешивают поступков и не думают о последствиях. Ей понадобилась всего минута, чтобы собраться с силами и произнести решающее слово:

—Согласна.

Сэр Томас опустился на колени и поцеловал ей руку.

—Оставьте меня одну,—попросила она.

Оставшись одна, леди Анна ощутила странное спокойствие. За шесть лет, проведенных при дворе, она не раз наблюдала, как короткие разговоры круто меняют судьбы людей и государств. Теперь это случилось с ней—только и всего. Она совсем не думала о предстоящей смерти, а мысленно приводила в порядок оставшиеся дела. Прежде всего, получить и сжечь письмо. Затем отправить Дженни и Питера в Англию с донесением Елизавете и с прощальным письмом к дяде, лорду Сесиль. Обеспечить будущее верных слуг, которых новый господин может оставить без куска хлеба. И наконец, выполнить свою часть соглашения.

Она позвонила Дженни и села писать письма.

Глава 10

Через два дня потрепанные в битве корабли Дрейка встретились в бухте Ла-Романа с двадцатипушечным фрегатом "Примроз". Его капитан, Мартин Фробишер, дожидался у юго-восточной оконечности Гаити, чтобы поддержать своими пушками Дрейка, победителя или побежденного. Фробишер издали заметил плачевное состояние эскадры и отсутствие "Лебедя" и "Кристофера" и правильно предположил, что операция потерпела неудачу. На борту "Золотой лани" Дрейк подтвердил его худшие догадки.

—Адмирал Менендес решил нас одурачить,— говорил Дрейк, расхаживая по каюте.—Но мы знаем, где золото, и возьмем его.

—Боюсь, что из всех кораблей только "Примроз" в полном порядке, сэр,—осторожно заметил Фробишер.

—Да, но у нас есть надежный союзник.

—Индейцы?

—Лучше. Испанское высокомерие. Я уверен, что они уже празднуют победу. Сейчас самое время действовать.

—В чем же ваш замысел, сэр?

—Я оставил возле Санто-Доминго Дика Нортона с пятью матросами. Они выяснят обстановку. Послезавтра на рассвете мы встретимся с ними и решим что делать.

—Мы, сэр?

—Да, "Примроз" доставит нас к месту высадки, а Стивенс и Томпсон поведут эскадру к архипелагу Мона на ремонт. Сколько человек у вас на борту?

—Тридцать пять, сэр. Но все как один знают свое дело.

—Мы возьмем еще шестьдесят человек.

—А что дальше, сэр? Вход в гавань Санто-Доминго узкий и извилистый.

—Не знаю, пойдем ли мы в гавань, но на "Элизабет" есть португальский лоцман. Он клянется, что может вывести корабль из любой гавани Нового Света с закрытыми глазами.

—А он не предатель?

—Могу только поручиться, что он лоцман. У него больше карт, чем во всем Плимуте с адмиралтейством впридачу. Когда его снимали с "Сан-Кристобаля", он вопил, что лучше утонет, чем расстанется со своими картами.

—И он еще жив?

—Ты же знаешь Дика Нортона. Клянусь золотом Гаити, карт там было сундука два, не меньше.

Мачты "Примроз" показались точно в назначенный срок. Дик и его команда поторопились покончить с жареной бараниной, приготовленной с дикими яблоками вместо чеснока по рецепту Кривого Джо, отец которого был поваром в Плимуте. "Примроз" бросила якорь под защитой высоких скал, и шлюпка доставила на берег Дрейка, Фробишера и Оксенхема. Военный совет состоялся прямо на песчаном берегу маленькой бухты под лучами восходящего солнца.

—Сэр,—начал Дик.—Бог решил наказать наших друзей испанцев любимым способом.

—Бросил молнию?—спросил Дрейк.

—Лишил разума.

—Они сложили золото на берегу, чтобы мы могли придти и взять его?

—Почти, сэр. Они погрузили золото на корабль "Рейно де Эспана", чтобы мы могли придти и увести его.

—Трудно поверить, в такую глупость,—воскликнул Оксенхем.— Губернатор Дон Кристобаль де Монкада известен своей осторожностью.

—Излишняя осторожность иногда бывает опаснее безрассудства, — произнес Дик. — Произошло следующее. Адмирал дон Перо Менендес привел четыре корабля в гавань изрядно потрепанными. Он поставил их на ремонт и с гордостью сообщил, что флот Дрейка не сможет в ближайшее время докучать испанцам.

—Его потери не меньше,—запальчиво возразил Оксенхем, все еще не примирившийся с тем, что остался без корабля.

—Однако, адмиралу не откажешь в логике,— заметил Дрейк.

—Ни в правдивости, сэр,—подтвердил Дик.— Адмирал сумел подсчитать, что мы спасли почти всех людей. Адмирал также сомневается, что мы оставили мысли о сокровище. Поскольку наши корабли повреждены и мы располагаем пока только сухопутными силами, он опасается нападения на форт с суши. Именно он убедил губернатора перевезти сокровище на корабли.

—Не дожидаясь конвоя?—воскликнул Дрейк.

—Три корабля конвоя пришли в гавань вчера, остальные девять задержались на Ямайке. Их ожидают завтра к вечеру.

—Как охраняется "Рейно де Эспана"?—спросил Дрейк.

—Я не успел сказать вам самого главного, сэр. Единственной дочери губернатора, донье Эрнанде

Луисе Эстефании Изабелле исполняется шестнадцать лет.

—Какого черта нам это знать?—возмутился Оксенхем.

—По счастливому стечению обстоятельств прекрасная сеньорина родилась в канун дня святой Эстефании, то есть сегодня.

—Перестань валять дурака! — воскликнул Оксенхем.

—Подожди, Джон, — оборвал его Дрейк. — Я, кажется, понимаю в чем дело. Ты хочешь сказать, Дик...

—Что весь город начнет пить сразу после торжественной мессы в полдень. После наступления темноты начнется факельное шествие, а тем, кто захочет утолить духовную жажду, трактирщики будут разливать вино бесплатно. На кораблях останется по пять—шесть человек.

—Это, конечно, облегчает дело, но как мы захватим четыре военных корабля?—возразил осторожный Фробишер.

—Перед отправкой в Испанию корабли должны запастись продовольствием месяца на три. Владелец гасиенды дон Паоло де Альварес условился поставить фрукты, овощи и маисовую муку на четыре корабля, что стоят в гавани. Сам дон Паоло уехал сейчас на Пуэрто-Рико, а я подрядился у его управляющего найти нужное количество трезвых грузчиков и доставить груз с гасиенды на корабли. На гасиенде есть восемь барок. Гребцов посылают с гасиенды, но их всего двое на каждую барку.

—Выдержат ли барки с продовольствием столько людей?—спросил Фробишер.

—Мы утопим часть продовольствия,—ответил Дик.

—А нас не узнают раньше времени?

—Мы будем бедными португальцами, которых здесь полно. Мы так обнищали, что готовы работать в праздник.

—Я не знаю ни слова по-португальски,—заметил Дрейк.

—Переговоры буду вести я,—ответил Дик.—А чтобы было правдоподобнее, я возьму с собой лоцмана да Сильва.

—А он не выдаст?—спросил Фробишер.

—Он ненавидит испанцев,—ответил Дик.—И, как всякий ученый, не станет рисковать своими книгами.

—Вот в это я могу поверить,—проворчал Дрейк.

В темноте, усиленной факелами на берегу, тяжело груженые барки осторожно обогнули корабли адмирала Менендеса, стоящие на ремонте. До конвойных кораблей, бросивших якорь в середине гавани, оставалось меньше полумили. Гребцы-индейцы после несложных уговоров согласились помочь англичанам за небольшую плату. Впрочем, не успев разочароваться в жизни, они не имели выбора.

Поскольку главной добычей по праву считалась "Рейно де Эспана", захватить ее было поручено Дику. Говоря по-португальски, он мог легче усыпить бдительность испанцев. Лоцман Нуньос да Сильва был послан с ним, чтобы вывести корабль из гавани.

Недовольные опозданием барок, испанцы встретили их бранью и проклятиями.

—Это вы называете управиться до темноты, мерзавцы?—крикнул офицер, не вполне еще смирившийся с почетной миссией охраны сокровища в разгар праздника святой Эстефании. Его подчиненные развили ту же мысль в более изощренных выражениях.

—Простите нас, благородные и щедрые сеньоры,— смиренно ответил Дик. — Клянемся святой Эстефанией, мы торопились как могли. Нам не оставили даже мешков и пришлось идти в город...

—Где вы и засели в кабаке!—взревели испанцы.— Шевелитесь, бездельники, а то мы утопим вас вместе с вашей тухлятиной!

—Идем, идем, добрые и щедрые сеньоры.

Взвалив на плечо по мешку и пряча за ними лица, пираты один за другим поднялись на палубу и по знаку испанца направились к трапу, ведущему в трюм. Четверо матросов руководили их действиями под надзором офицера, стоящего поодаль. Оставалось гадать, сколько испанцев остается в невидимости. Пока что силы были примерно равны: с двух барок на палубу поднялось шесть человек.

Продолжая бормотать плаксивые извинения, шедший первым Дик внезапно споткнулся так, что его мешок свалился на стоящего рядом матроса. Драгоценный картофель рассыпался по палубе, приковав на мгновение взгляды испанцев. В ту же секунду на их головы обрушились мешки и они попадали на палубу оглушенные. В руках португальских грузчиков сверкнули ножи.

—Тревога!—закричал офицер, выхватил шпагу и тут же упал, убитый брошенным ножом.

—С барок всем на борт!—приказал Дик.—Пленных связать, остальным осмотреть корабль.

Осматривать корабль, однако, не пришлось. Испанцы обнаружили себя сами. С полубака раздалось четыре мушкетных выстрела, ранив двоих пиратов. Это угрожало катастрофой. Звуки выстрелов могли предупредить соседние корабли и погубить всю операцию. В порыве отчаяния Дик нашел возможно единственный выход из положения. Он набрал в легкие побольше воздуха и закричал во все горло:

—Вива санта Эстефания! Вива беллеза Эрнанда! Виват!

—Виват! Виват!—подхватили по его знаку двое пиратов, занятые связыванием пленных.

Пока раздавались крики приветствия в честь прекрасной именинницы, остальные пираты без труда добрались до четырех мушкетеров, засевших на полубаке. У испанцев не было времени перезарядить мушкеты и они сдались без боя, понимая преимущество противника в рукопашной схватке.

Корабль "Рейно де Эспана" был в полном распоряжении пиратов.

Нуньос да Сильва с трудом поднялся на палубу одним из последних. Теперь успех операции зависел только от него.

Есть тысяча способов победить в бою. Можно действовать грубой силой, хитростью, по настроению или просто полагаться на удачу. Но провести корабль среди лабиринта подводных рифов может только мастерство лоцмана. В этой важной роли он отправился в каюту капитана взглянуть на последние записи в судовом журнале. Не будучи уверенным, что на корабле больше нет испанцев, Дик приставил к нему Кривого Джо для охраны.

Кривой Джо остался снаружи на часах, а да Сильва прошел короткий коридор, осторожно вошел в каюту и уткнулся грудью в дуло мушкета. На другом конце мушкета находился его соперник и коллега, лоцман Диего Бернальдес. Капитан "Рейно де Эспана" не пустил его на торжество, желая сохранить его в хорошей форме для завтрашнего отплытия.

—Да Сильва!—прошипел Бернальдес.—Проклятый предатель. Бог справедлив. Я не пожалею последней пули в своем мушкете, чтобы разделаться с тобой. У тебя есть минута на предсмертную молитву.

—Ave, Maria, — громко начал насмерть перепуганный да Сильва.

—Тише, мерзавец!—прошипел Бернальдес.—Проси помощи у бога, а не у твоих богомерзких дружков.

—Ave, Maria, — начал да Сильва послушным шепотом.

Привлеченный непонятным восклицанием, которое, по его мнению, не вполне относилось к происходящему, Кривой Джо бесшумно направился к открытой двери капитанской каюты. Оставаясь незамеченным, он осторожно выглянул из-за выступа стены. В темноте каюты отчетливо выделялся горящий фитиль мушкета. Опытным взглядом оценив вероятное положение стрелка по отношению к фитилю, Кривой Джо метнул нож, целясь в горло невидимого человека. Приглушенный стон и звук падения показали, что удар достиг цели. Убедившись, что Бернальдес мертв, Кривой Джо вывел перепуганного да Сильва на палубу, где Дику с трудом удалось вернуть португальца к действительности. К этому моменту сигналы с других кораблей возвестили, что захват благополучно завершен. Можно было двигаться в открытое море.

Жизнь пирата в Карибском море нельзя было назвать привлекательной. В ней было мало того романтизма, который принято приписывать этому ремеслу в исторических повествованиях. Надежда разбогатеть не всегда искупала жестокий труд и смертельные опасности, составлявшие чуть ли не ежедневную рутину. Поэтому Дрейку в начале своей карьеры постоянно не хватало людей. В этой ситуации захваченные корабли представляли скорее не добычу, а проблему и чаще всего приходилось пускать их ко дну. Так и сейчас—из захваченных в бухте Санто-Доминго четырех кораблей Дрейк мог взять с собой только один—"Рейно де Эспана".

Разделавшись с командами военных кораблей, пираты вернулись на барки, чтобы погрузиться на "Рейно де Эспана". Гребцы-индейцы, получив немного золота и все уцелевшее продовольствие, отправились восвояси. Им нужно было до рассвета укрыть барки и уйти в горы, подальше от подозрений испанских властей. Да Сильва оправдал свою репутацию. "Рейно де Эспана", скрипя снастями на бесчисленных поворотах, благополучно вышел из гавани.

—Слава богу!—с облегчением сказал Оксенхем, когда корабль огибал последний мыс.

—Не торопись,—возразил осторожный Фробишер.

В подтверждение его слов из гавани донесся одинокий пушечный выстрел.

—Что за черт!—воскликнул Оксенхем.

Ему ответил пушечный выстрел, как две капли воды похожий на первый.

—Благородный сеньор да Сильва, можем ли мы немного поторопиться?—спросил Дрейк.

—Ни в коем случае, благородный господин адмирал,—твердо ответил да Сильва. Это будет опаснее пушек.

—Неужели мы кого-то забыли?—проговорил Дик.

Дрейк проворчал что-то неразборчивое.

—Сэр?—спросил Дик.

—Не было времени гоняться за одним идиотом,— буркнул Дрейк.—Мы задраили люки на палубе, но, похоже, он сумел-таки добраться до пушек.

В это время корабль благополучно обогнул последний мыс. Помощь лоцмана больше не требовалась. Указав рулевому курс в открытое море, да Сильва сбежал к ним с полуюта.

—Сеньор!—в волнении воскликнул он.—В порту остались еще два лоцмана. Если поднимется тревога, испанцы сумеют нас догнать.

Капитаны переглянулись.

—Ручаюсь вам, сеньор, что им это не удастся,—с удовлетворением произнес Дрейк.

—Сеньор адмирал,—возразил да Сильва.—У каждого из них больше парусов и меньше груза.

—Но у них нет английского военного искусства,— гордо объявил Дрейк.

—Я же говорю вам, сеньор адмирал, у них есть опытные лоцманы.

—Даже самый опытный лоцман Карибского моря не сможет вывести из гавани корабль с подпиленной грот-мачтой. И знаете почему, проницательный сеньор? Потому что если поднять на ней паруса, она непременно упадет от первого же дуновения ветра.

Через два часа "Рейно де Эспана" и "Примроз" бок о бок направлялись под всеми парусами к архипелагу Мона. В гавани Санто-Доминго испанцы с проклятиями распутывали снасти и очищали палубы от обломков стеньг и рей, сбитых при падении грот-мачт.

На "Рейно де Эспана" царила скорее озабоченность, чем оживление. Каждый из пиратов был погружен в вычисления, на какую долю добычи он может рассчитывать. И только Нуньос да Сильва был озабочен другим.

—Сеньор капитан Нортон,—обратился он к Дику по-португальски.—Разрешите задать вам исключительно деликатный вопрос.

—К вашим услугам, сеньор да Сильва.

—Чем я могу отблагодарить благородного сеньора, который стоит сейчас у штурвала?—да Сильва указал на Кривого Джо.

—Вы имеете в виду удачный бросок ножа в темноте?—спросил Дик.

—Благородный сеньор спас мне жизнь, проявив достойные эпических героев мужество, искусство и быстроту мысли. Я никогда не смогу ему отплатить, но я хотел бы сделать ему чтонибудь приятное. Как вы думаете, он примет в подарок лоцию Сан-Сальвадора, подписанную рукой самого адмирала Христофора Колумба?

—Благородный сеньор Кривой Джо обладает также простотой и скромностью эпических героев,—с комической серьезностью ответил Дик.—Ваш драгоценный подарок его смутит. Советую ограничиться кружкой рома в трактире "Лев и корона" на Барбадосе.

—Вы хотите сказать—бочкой рома, сеньор капитан?

—Адмирал Дрейк может счесть это подстрекательством к мятежу, сеньор.

—Понимаю, капитан. Разрешите последний вопрос. Каково происхождение странной фамилии: Кривой?

—Это не фамилия, а военное прозвище, nome de querre, как говорят французы. Его прозвали так за исключительную меткость в метании ножа.

Капитан Нортон, вас вызывает адмирал,—прервал их беседу подошедший матрос.

Дрейк выглядел озабоченным.

—Я все думаю про Джеймса Таккера, арендатора сэра Томаса Болдуин,—начал он.—Что он за человек?

—Глуповат, жаден и исполнителен, сэр.

—Тогда вряд ли он работает в одиночку из любви к искусству вранья, — продолжил Дрейк. — Боюсь, существует целая сеть для подобных дел.

—Такой человек как он может делать это только по чьему-нибудь поручению, сэр.

—Я все ставлю себя на место испанского адмирала,—задумчиво сказал Дрейк.—Если бы я захотел заманивать в ловушки английских пиратов, я обратился бы за помощью к англичанину.

—Нужно только найти англичанина, у которого были бы причины помогать испанцам,—медленно проговорил Дик.

—И с большими связями, чтобы быть в курсе всех событий,—подхватил Дрейк.

Они замолчали, пораженные одной и той же мыслью.

—Что же, придется тебе опять отправиться на берег,—сказал наконец Дрейк.—Когда мы дойдем до архипелага Мона, отбери себе дюжину людей и постарайся выяснить все что сможешь о сэре Томасе Болдуин.

—В Сан-Хуане меня могут узнать, сэр.

—Придется рискнуть,—ответил Дрейк.—У меня нет никого лучше тебя.

Глава 11

Утром после объяснения леди Анна все еще сохраняла ледяное спокойствие. Недрогнувшим голосом она приказала Дженни позвать сэра Томаса. С удивившим ее саму самообладанием она встретила его предписанной хорошим тоном вежливой улыбкой.

—Мое почтение, миледи.

—Доброе утро, сэр Томас.

—Полагаю, что я сумел предугадать одну из причин, которым я обязан приглашением к вам.— Сэр Томас опустился на одно колено и протянул леди Анне сложенный вчетверо лист пожелтевшей бумаги.

Леди Анна не сразу смогла взять письмо—так сильно заколотилось ее сердце. Содрогаясь от собственной смелости, она медленно развернула бумагу и страшные фразы обрушились на нее беспощадной лавиной.

Да, это было то самое письмо и только сейчас, держа его в руках, леди Анна поняла, сколь страшны могли быть его последствия. Она сложила письмо, сжала его в руках, и этот жест вернул ее в Тауэр, где она так же сжимала в руках этот клочок бумаги, так же готовая за него умереть. Она вспомнила бледное решительное лицо Елизаветы, ее дрожащие руки и спокойный голос: "Передайте ему вот это. И незаметно, если вам дорога моя жизнь." Ей вспомнилось и то, что сопровождало эти слова—

резкая боль в ладони: она укололась булавкой, когда брала письмо. Письмо было сколото булавкой.

Леди Анна лихорадочным жестом поднесла письмо к глазам. Никаких следов булавки. Письмо было поддельным.

"Знает ли об этом сэр Томас? Конечно, он подделал его сам. Почувствовав подозрение, он обратится к врагам Елизаветы, у него не будет другого выхода. Нужно не подавать вида." Все эти мысли пронеслись в ее голове мгновенно и если она и изменилась в лице, то сэр Томас мог приписать это только естественному волнению.

Справившись с собой, леди Анна медленными, казалось, механическими движениями зажгла свечу, подожгла на ней письмо и, проследив, чтобы оно сгорело полностью, размешала пепел и выбросила в окно.

—Как видите, я отдал себя в ваши руки,—сказал сэр Томас после подобающей паузы.

—Я ценю ваше доверие. Назначьте свадьбу через две недели.

Вскоре после ухода сэра Томаса Питер осмелился постучать в дверь. Он знал о вчерашних событиях и беспокойство за леди Анну помешало ему дождаться вызова. Он застал госпожу в оцепенении глядящей в одну точку, точно в том положении, в котором ее оставил сэр Томас. Она обратила к Питеру безжизненный взгляд и вдруг ее оцепенение разрешилось самым естественным путем— безудержными рыданиями.

Первым движением Питера было броситься за Дженни, но леди Анна жестом остановила его. В растеряннности, он неловко подал ей воды. Казалось, не заметив этого, она сбивчиво заговорила, то и дело всхлипывая:

—Он оставил письмо у себя... пытался обмануть меня... Он подсунул подделку... Что же теперь делать?... Что делать?...— Рыдания помешали ей продолжать.

Питер почувствовал, что ответственность пала на него. Роль, которую он на себя брал, была самой важной в его жизни.Он принял эту роль достойно. Его ответ, произнесенный без колебаний, был образцом лаконизма, которого он так стремился достичь:

—Осмелюсь напомнить, что сейчас время верховой прогулки, миледи.

Питер точно нашел единственный способ помочь леди Анне взять себя в руки и к тому же укрыться от подслушивания. В самом деле, когда они выехали на дорогу, ведущую вглубь острова, леди Анна уже успокоилась настолько, что смогла коротко изложить суть дела. Охрана, неизменно сопровождавшая их, держалась достаточно далеко, так что напрягать уши было бесполезно.

Стараясь не поддаваться чувству безнадежности, леди Анна и Питер поддерживали разговор, который вскоре угас.

Дорога привела их к мосту через маленькую тихую речку. Взгляд леди Анны упал на рыбака, чинившего лодку невдалеке, и она с тоской подумала о мирной жизни, выпавшей на его долю, жизни без государственных тайн, измен и кровопролитий. Повинуясь безотчетному желанию, она остановилась, и охрана тотчас остановилась, сохраняя расстояние. Рыбак, как бы услышав ее мысли, поднял голову. Казалось, леди Анну ничто уже не могло удивить, однако, ее ждал еще один ошеломляющий сюрприз. Перед ней стоял Ричард Нортон.

—Вы?— Леди Анна не могла сдержать радость.

—К вашим услугам, благородная сеньора,—Дик говорил по-испански почти без акцента, и леди Анна тоже вынуждена была перейти на испанский.

—Кто же вы на этот раз?

—Энрике Браганка, бедный португальский рыбак, сеньора.

—Как вы здесь очутились?

—Моя лодка дала течь, сеньора, и я завел ее в эту тихую речку, чтобы починить. Разрешите поздравить вас с блестящей партией.

Леди Анна не удивилась, что о ее предстоящем браке уже стало известно. Среди простолюдинов, окружающих знатных господ, слухи распространяются столь же неотвратимо, сколь и непостижимо. Она хотела ответить, но к ее горлу подступил комок и слова обернулись рыданиями.

Насмешливая вежливость мгновенно слетела с Дика Нортона. Он сделал шаг вперед и произнес по-английски:

—Не думайте о нем, миледи. К вечеру его не будет в живых. Леди Анна взяла себя в руки.

—К сожалению, это не поможет.

—Скажите, чем я могу помочь.

Для леди Анны этот вопрос явился решающим испытанием. Во все времена и у всех народов в окружении высшей власти больше всего ценилось повиновение. Человек с инициативой немедленно изгонялся или уничтожался. Но повороты судьбы, спасение или гибель власти, часто решались теми, кто в нужное время или в нужном месте превращался из орудия монарха в орудие судьбы, кто мог поставить преданность выше послушания. В таких людях заложена способность проявить неповиновение, довериться внутреннему голосу и пойти на риск именно тогда, когда он оправдан. Недаром триста лет спустя великий поэт сказал:

"Беда стране, где раб и льстец
Одни приближены к престолу."

В эту решающую минуту леди Анна показала, что достойна возложенной на нее миссии. Она приняла на себя ответственность и нарушила приказ королевы не говорить о письме никому. Через несколько минут Дик Нортон знал все, кроме содержания письма.

—Я сегодня же обыщу кабинет сэра Томаса.— В глазах Дика зажегся огонек, который мог бы дать сэру Томасу все основания для беспокойства.

—Дом охраняют. Как видите, даже наш теперешний разговор имеет свидетелей.

—Предоставьте это мне. Если вам понадобится защита, а меня не будет, моих людей можно найти в трактире "Крест Сантьяго". Скажите хозяину пароль "Мария и Филипп" и он вас проводит. Мой помощник Джон Лонгворд доставит вас к Дрейку, где вы будете в полной безопасности.

—Да хранит вас Бог.

Расставшись с леди Анной, Дик направился прямо в "Крест Сантьяго".

—Что-нибудь узнал?—встретил его Лонгворд.

—Нужно поговорить, Джон. Собери людей.

—Трое в городе, остальные в задней комнате.

В полумраке комнаты, служившей им временным обиталищем, пираты выглядели особенно живописно. Полуголые, в пестрых платках, они лениво курили, отчего в комнате сгустился едкий дым, весьма напоминавший туман. Богатое, фантастически разнообразное оружие было разбросано по полу в кажущемся беспорядке, но в пределах досягаемости владельцев.

Эта расслабленность отнюдь не означала безделия. Наблюдение за сэром Томасом было организовано безупречно. Днем возле дома дежурили четверо, считая и Дика, а в темноте, когда наблюдение усложнялось, их сменяли все остальные. Поэтому день для них был чем-то вроде порядком надоевшего отдыха. При виде Дика они оживились, надеясь, что этот вынужденный отдых скоро прекратится.

—Нам представился случай заслужить благодарность Ее Величества.—В голосе Дика было больше уверенности, чем в его душе.—Сегодня ночью мы возьмем штурмом дом сэра Томаса Болдуина.

—А благочестивый Том не обидится?—Это прозвище закрепилось за сэром Томасом, когда он обратился в протестантскую веру в день коронования Елизаветы.—Может быть, под благодарностью Ее Величества ты разумеешь виселицу?

—Я понял, ребята!—вмешался Кривой Джо.—Дик повстречался сегодня с этой леди и снова рехнулся!

Раздался дружный хохот. Лонгворд попытался предотвратить ссору:

—Заткни глотку, Джо. А ты, Дик, объясни, что ты имел в виду. Мы никогда еще не нападали на англичан. К тому же благочестивый Том—королевский консул. Мы же прямо нарушим приказ Дрейка—нам нужно перехватить курьера, а кто сунется в дом после такого налета? Да и нам нужно будет сразу смываться.

—Ты прав, Джон, но мне необходимо сегодня же проникнуть в его дом. Леди Гринфилд...

—Ну, я же говорил, что без нее не обошлось,— взревел Кривой Джо. Матросы поддержали его новым взрывом хохота.

Дик потерял терпение.

—Кто идет со мной?—резко сказал он. Только это фраза могла заставить пиратов замолчать.

—Тогда слушайте. Всем сидеть здесь. В мое отсутствие командовать будет Лонгворд. Если появится леди Гринфилд, доставить ее к Дрейку целой и невредимой. Меня не ждать. Это приказ.

—Ты что, пойдешь один?—осторожно спросил Лонгворд.—Это же верная смерть!

—Да ты и правда рехнулся!—Кривой Джо внезапно посерьезнел.—Там же с полдюжины испанских солдат, не считая слуг. Будь моя воля, я бы удержал тебя силой.

Дик спокойно улыбнулся.

—Я не имею права заставить вас идти со мной, но и вы не можете удерживать меня. Помните приказ. Счастливо оставаться.

Все понимали, что у Дика очень мало шансов выжить, меж тем он прощался с ними так легко, как будто шел на прогулку. Это выражало общее пренебрежение к смерти среди людей Дрейка, жизнь которых постоянно висела на волоске.

Планы Дика не были так самоубийственны, как могло бы показаться. Мальчишкой он прожил в доме своего опекуна несколько месяцев после смерти адмирала. Он отлично помнил все закоулки дома, мог проникнуть туда незамеченным и знал, где должны храниться важные письма. Однако, по редкому невезению, сэр Томас почувствовал опасность. Он внимательно расспросил охрану, сопровождавшую леди Анну, и долгий разговор с рыбаком не мог не вызвать его подозрений. Поэтому, пока Дик коротал время дожидаясь сумерек, сэр Томас не оставался в бездействии. Он вооружил слуг и поставил охрану у всех входов в дом. На всякий случай он приказал проверить, исправно ли работают колокольчики, подвешенные на каждой двери. Он любил знать, что происходит в доме и предусмотрительно позаимствовал это недавнее итальянское изобретение.

Однако, сэр Томас оказался слишком предусмотрительным, чтобы предвидеть безрассудный план Дика. У Дика был собственный, никем не охраняемый вход прямо на второй этаж дома—по ветке дуба, росшего напротив окон гостиной.

В плане Дика был только один изъян—он не знал про колокольчики. Поэтому около полуночи, когда дом обычно погружен в темноту, во всех окнах горел свет, а Дик сидел в пороховом погребе прямо под апартаментами сэра Томаса. Он был заперт снаружи и изнутри.

Он считал свою миссию выполненной. Он успел достать письмо из потайного ящика и незаметно передать его Дженни, с криками вбежавшей в кабинет вслед за толпой вооруженных слуг. Он успел бы даже спастись, прорвавшись к окну и спрыгнув во двор, если бы внизу не дежурили хорошо обученные испанские солдаты. Дик избрал неожиданное убежище—пороховой погреб, где он получил передышку, хотя и не надежду на спасение.

Удары в дверь вернули Дика к действительности. Он достал пистолет и выстрелил. Удары прекратились.

—Осторожнее, идиот! Там же порох!—услышал он голос испанского сержанта.

—Еще один удар и я сам взорву порох,—спокойствие в голосе Дика привело испанцев в ужас.—Как вы понимаете, сеньоры, мне терять нечего.

За дверью воцарилась тишина. Замешательство было прервано появлением сэра Томаса.

—Ломайте дверь, черт побери!—нетерпеливо скомандовал он.

—Это настоящий сумасшедший, сеньор. Он угрожает взорвать порох после первого удара в дверь!

Сэр Томас подошел к двери вплотную.

—Кто ты такой и на каких условиях ты согласен выйти оттуда?

—Я—Ричард Нортон, если это имя вам что-то говорит, сэр.

Сэр Томас на мгновение потерял рассудок.

—Ломайте дверь!—приказал он солдатам.

—Мы—солдаты, а не самоубийцы, сеньор,—твердо ответил сержант.

—Если это так, советую вам не упустить этого мерзавца.— Сэр Томас повернулся на каблуках и удалился.

Прежде всего необходимо было предупредить об опасности леди Анну. Как и следовало ожидать, она не спала и сразу приняла сэра Томаса.

—Вам не о чем беспокоиться, миледи. В доме сумасшедший, но он надежно заперт.

—Мы и в самом деле беспокоились за вас, сэр Томас.

—Что ж, спасибо сумасшедшему, который заставил вас лишний раз подумать обо мне.

—И что вы намерены предпринять?

—С ним обойдутся по заслугам, можете не сомневаться.

Леди Анна поняла, что Дик обречен. У нее едва хватило сил закончить разговор. Теперь для нее оставалась единственная, хотя и призрачная надежда—трактир "Крест Сантьяго".

—Дженни, принеси мне мужской костюм,—распорядилась она.

Глава 12

Расставшись с леди Анной, сэр Томас направился прямо в свой кабинет. Ему необходимо было обдумать происшедшее и выбрать нужный план действий. Будучи человеком методичным, он изложил свои рассуждения на бумаге. Естественно, что счастливый жених прежде всего подумал о своей невесте. Первая запись выглядела так:

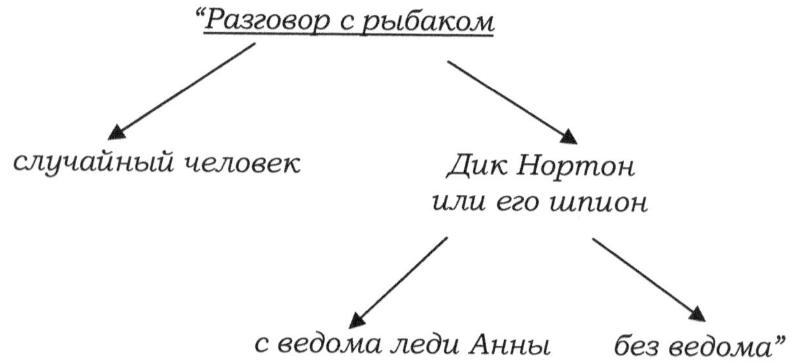

Могла ли она нанять мальчишку? Видимо нет: ведь она сама сожгла письмо и согласилась выйти замуж. Даже первая ученица этой первой лицемерки—нашей возлюбленной королевы, не смогла бы так бессовестно лгать и притворяться. Для этого надо обладать незаурядным умом, что для женщины невозможно. Нет, надо начать с другой стороны. И сэр Томас написал следующее:

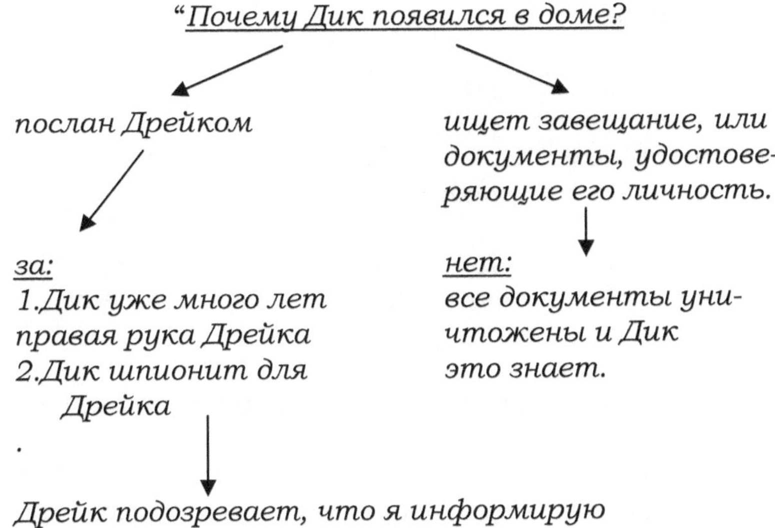

Сэр Томас положил перо и открыл потайной ящик письменного стола. Предчувствие его не обмануло: ящик был пуст. Сэр Томас невозмутимо продолжил список вариантов:

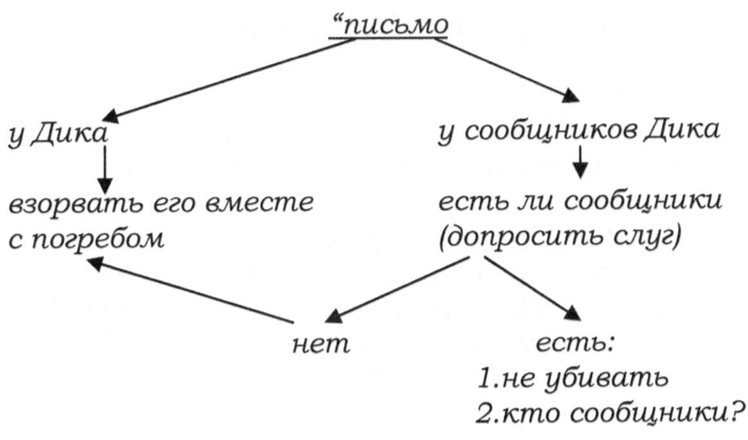

<u>Необходимое действие:</u> допросить слуг.

вопросы:

1.были ли сообщники?
2.что держал в руках?
3.что выронил или выбросил?
4.что и кому передал?"

Столь же методично и невозмутимо сэр Томас занялся допросом слуг. Их ответы он также аккуратно записал:

"Слуги (находились в доме, сбежались на звонок):

1.Конюх
Сообщников было двое: пираты в масках. В руках держал хлыст и дубинку. Во время потасовки бросил в окно мешочек с золотом (судя по звону). Передал сообщникам два кортика и шпагу.

2.Дворецкий.
Сообщников не было. В руках держал пистолет и шпагу. Чуть не сбил с ног мисс Дженни. Ничего не ронял, не выбрасывал и никому не передавал.

3.Лакей.
Единственный сообщник—огромная птица с человеческой головой. В руках держал огненную шпагу и пергамент с колдовскими знаками. При нашем приближении бросил пергамент на пол, отчего поднялась буря и вынесла его в окно. Перед тем как вылететь, отдал птице золотой портсигар с письменного стола. (обыскать вещи лакея)

4.Привратник.
Сообщников было трое: дворецкий, лакей и конюх. В руках держал два кинжала, два пистолета, шпагу и подзорную трубу. Когда мы вошли в кабинет, он

бросил в меня два кинжала и выбросил в окно подзорную трубу. Перед тем как выпрыгнуть в окно, передал 200 золотых дукатов дворецкому и по 100 лакею и конюху.

5. Солдаты под командой сержанта Сандеса (находились на улице).

Показания согласованы и исходят от сержанта:

Дюжина пиратов обстрелояла нас с тыла, когда пленный выпрыгивал в окно с пистолетом в руках. Перед прыжком выбросил в окно шпагу. Мы оттеснили пиратов, обезоружили и связали пленного. В это время на нас напало около пятидесяти пиратов, которые освободили пленного. Он передал им план гарнизона, мешок с золотом и два ящика с патронами. Наша доблестная конратака заставила пиратов спасаться бегством. Убитых и раненых они унесли с собой, а пленный, побоявшись участвовать в схватке, трусливо заперся в погребе. В перестрелке была пробита бочка с вином у входа в погреб. Вино вытекло.”

Оставалось допросить последнего участника сцены—Дженни, которая, как мы помним, с криками вбежала в кабинет.

По сравнению с другими слугами Дженни находилась в привилегированном положении и ее допрос требовал особой деликатности. Собрав остатки невозмутимости, сэр Томас направился в покои леди Анны.

Он не мог выбрать более неподходящего момента—леди Анна, переодетая в мужской костюм, заканчивала приготовления к бегству. Дверь открыла Дженни. При виде сэра Томаса она побледнела и сказала неестественно громким голосом:

—Сожалею, сэр Томас, но ваша невеста сможет принять вас только утром.

—Передайте леди Анне мое почтение и спросите, могу ли я задать вам несколько вопросов,— пробормотал счастливый жених, обезоруженный признанием своего положения.

—Слушаюсь, сэр, — слегка приоткрыв дверь, Дженни проскользнула в спальню. Госпожа и служанка обнялись.

—Бегите, миледи, — шепнула Дженни, — а я постараюсь его задержать.

—Ты мне больше не нужна,—сказала леди Анна громко.—Расскажи сэру Томасу все, что его интересует.

Дженни снова вышла к сэру Томасу.

—С вашего позволения, милорд,—сказала она.—Не могу ли я ответить на ваши вопросы в другом месте, чтобы не беспокоить миледи.

В кабинете Дженни по просьбе любезного хозяина уселась на краешек кресла. Сэр Томас начал без обиняков:

—Меня интересует человек, который проник сегодня вечером в мой кабинет. Вы, конечно, узнали его?

—После ваших слов, милорд, с моих глаз спала пелена. Это действительно был сумасшедший. Подумать только, забраться ночью в ваш кабинет! Если бы я знала раньше...

—Не притворяйтесь, Дженни. Вы не могли не узнать капитана Нортона. Меня интересует, были ли у него сообщники. Видели ли вы кого-нибудь кроме слуг?

—Я расскажу вам все как было, милорд. Миледи изволила отойти ко сну и я прибирала в гостиной, как вдруг слышу ужасный топот. Миледи спрашивает: "Что случилось, Дженни?" Конечно, мне было страшно, милорд, но сами посудите: раз миледи спрашивает, я должна была пойти посмотреть. Я схватила темную накидку, чтобы не показываться посторонним мужчинам без чепчика. Надо вам сказать, милорд, что наш дворецкий в замке Гринфилд требует, чтобы горничные носили чепчики, однако...

—Оставим накидку и чепчики, Дженни. Ближе к делу. Видели ли вы кого-нибудь кроме слуг?

—Конечно, сэр. Капитана Нортона. Его никак не назовешь слугой. У него такие галантные манеры и приятная внешность, а уж держится он как настоящий лорд!

—Оставим капитана Нортона,—прорычал сэр Томас.

—Как же, сэр, вы же сами спросили...

—Дженни, вы ведь умная и скромная девушка, а не попунай, который научился говорить у деревенской сплетницы. Пожалуйста, ответьте на мой единственный вопрос: видели ли вы кого-нибудь кроме капитана Нортона и слуг?

—Слушаюсь, милорд. Расскажу вам все по порядку...

Сэр Томас понял, что надо покориться неизбежности. Собрав, вторично за этот вечер остатки своего терпения, он начал мерять шагами комнату. Когда, к его облегчению, красноречие Дженни наконец иссякло и можно было с чистой совестью отправить ее назад, сэр Томас внес заключительную запись:

"Дженни:

Утверждает, что визжала, закрыв глаза. Возможно, столкнувшись с Диком (показания дворецкого), успела получить от него письмо.

ВЫВОД: Нельзя исключить, что сообщники были. Оставить Дика в живых, допросить. Следить за Дженни."

Приняв решение, сэр Томас сжег написанное в камине и тщательно размешал золу. Затем он доказал, что англичане действительно самый хладнокровный народ в мире—проверив часовых, он отправился спать.

В этот самый момент леди Анна и Питер входили в трактир "Крест Сантьяго". Пароль открыл им доступ в комнату, где укрывались пираты.

Их приход прервал мрачное обсуждение событий и эта мрачность отразилась во взглядах, устремленных на вошедших. Леди Анне показалось, что пираты обдумывают, как убить их, не привлекая лишнего внимания.

—Кто из вас Лонгворд?—спросил Питер с уверенностью, которой он не испытывал.

—Скажи, что тебе нужно и я ему передам,—ответил Лонгворд не слишком дружелюбно.

—Графиню Гринфилд необходимо срочно доставить к Френсису Дрейку.

—Сейчас пошлем за ней карету, а ты объясни дорогу кучеру.

—И не забудь сказать Тому, что его гостья покидает его,—мрачно добавил Роджерс.

—Могу избавить вас по крайней мере от этих хлопот, джентльмены,—леди Анна выступила вперед и сняла низко надвинутую шляпу. Пираты медленно встали. Их взгляды были полны страха, но отнюдь не дружелюбия.

—Как помочь капитану Нортону?—спросила леди Анна.

—С позволения вашей светлости, нам приказано доставить вас к адмиралу Дрейку, ваша светлость,—твердо ответил Лонгворд.

Глава 13

Через три часа леди Анна могла любоваться рассветом с борта вельбота.

Она была в безопасности, но ее миссия была далека от завершения. Письмо, принесенное Дженни, было написано не королевой. Леди Анна плохо понимала его содержание, но из стоящей внизу подписи испанского адмирала она заключила, что письмо адресовано не сэру Томасу. Однако, поскольку речь в нем шла о морских сражениях, леди Анна захватила его с собой, чтобы передать Дрейку. Впрочем, вовсе не это письмо занимало теперь ее мысли.

С ней случилось самое страшное, что только могло случиться—она потеряла веру в себя. Казалось, на ней лежит заклятие, навлекающее несчастье на все, к чему она прикасается. Письмо королевы, как разбуженная ею змея, готово ужалить. Дик Нортон, еще вчера на гребне удачи и свободный как ветер, в плену и ждет казни. Ее ужасало к тому же, что судьба Дика Нортона волнует ее не меньше чем судьба Англии.

Леди Анна затруднилась бы объяснить, почему она решилась искать помощи у Дрейка. Конечно, в этом мире он был грозой недругов и опорой друзей, и ей казалось, что одно мановение его руки положит конец всем ее несчастьям. В то же время она знала по примеру Елизаветы, как стеснены в своих поступках даже суверенные монархи и как они бывают порой беспомощны. В Карибском море Дрейк был не более чем королем...

Возгласы матросов вывели ее из забытья. Она подняла голову и обнаружила полную перемену декораций. Пронизывающий утренний туман сменился обжигающим полуденным солнцем. Вельбот входил в скалистую гавань архипелага Мона, где укрывалась флотилия Дрейка. До Барбадоса было далеко и корабли остались здесь для ремонта после битвы у Гаити.

С тех пор как они с Елизаветой в свите королевы Марии въезжали в Лондон во время восстания Нортумберлендов, ей никогда не представлялась такая насыщенная действием сцена. Она увидела, казалось, невозможное—бурлящую толпу, где каждый занят своим делом.

Большинство кораблей казались готовыми получать новые пробоины. К небу поднимались столбы черного дыма от костров, столь несовместимых с полуденной тропической жарой.

Леди Анна узнала "Элизабет" только когда вельбот подошел к ней почти вплотную. Поднявшийся на шкафуте гул вылился в резкий окрик штурмана Скотта:

—Где Дик?

—Где Дрейк?—оборвал его Лонгворд.

—Протри глаза,—мрачно ответили из толпы.

—Спускайте шлюпку,—процедил Лонгворд. Ему даже не нужно было оглядываться, чтобы понять, что адмирал на флагмане.

Леди Анна не поняла из разговора ни слова, но лаконизм собеседников подействовал на нее успокаивающе.

Переговоры с "Элизабет" привлекли внимание флагмана, поэтому Дрейк встретил их на палубе.

Усталость, подавленность, тревога и растерянность мгновенно слетели с леди Анны и она спокойно встретила острый проницательный взгляд веселых голубых глаз. Она вдруг оказалась в своей естественной роли—приближенная королевы с дипломатической миссией к не вполне надежному вельможе.

Первый обмен взглядами всегда открывает многое. Леди Анна и Дрейк ощутили полное доверие друг к другу. Грозный адмирал вселял в нее не трепет, как во всех окружающих, а почти жизнерадостную уверенность.

—Леди Анна Гринфилд, если не ошибаюсь?—В глазах Дрейка сверкнул огонек.

—Вы не ошиблись, сэр.

—Клянусь честью, миледи, я готов простить Дика за все его сумасбродства.

—Вы уже все знаете?

—Знаю только, что при каждой встрече с вами мальчишка забывает свой долг...—Дрейк осекся, поняв, что что-то случилось.—Не будет ли нескромностью с моей стороны, если я предложу вам продолжить разговор в каюте? Вам там будет прохладнее.— Повинуясь его жесту, Лонгворд и Питер последовали за ними.

—Итак, могу ли я спросить, в чем последнее сумасбродство Дика?

—Выполняя поручение королевы, он напал на дом сэра Томаса Болдуина.

—Один?

—Один.

—Жаль, что придется повесить такого храбреца! Вероятно, он ждет приговора на корабле?

Леди Анна внезапно поняла, что Дик погиб в тот момент, когда нарушил приказ Дрейка, чтобы выполнить ее поручение. Если сейчас ему угрожала смерть от руки сэра Томаса, то в случае успеха смерть исходила бы от его друзей. К счастью, эти мысли не лишили леди Анну ни капли самообладания.

—Капитан Нортон заперт в пороховом погребе сэра Томаса.

—Надеюсь, что он выполнил ваше поручение, потому что произвести вторую попытку будет для него затруднительно.

—К сожалению, вместо письма, заинтересовавшего...—она запнулась,—меня, он передал мне вот это.— Леди Анна протянула Дрейку письмо испанского адмирала.

Дрейк начал небрежно его проглядывать и вдруг погрузился в него целиком, казалось, впитывая каждую букву. Когда он поднял голову, перед леди Анной стоял другой человек—собранный, хладнокровный и беспощадный капитан пиратского флота.

—Миледи, каждый из моих людей обязан вам жизнью за доставку этого письма. Заполучив его, Дик выполнил мой приказ. Он разоблачил предательство сэра Томаса.

Леди Анна выпрямилась.

—Вы забываете, что сэр Томас—английский дворянин,—произнесла она ледяным тоном.

—Неужели после стольких лет при дворе вы сохранили веру в людей? Могу только восхищаться, миледи.

—Вы должны мне помочь.

—Приказывайте, миледи.

—Я могу сказать это только вам,—по знаку Дрейка Питер и Лонгворд удалились.—Необходимо захватить сэра Томаса и отнять у него тот документ, который не сумел найти капитан Нортон.

—Для этого я должен сначала захватить весь остров, миледи. Дом сэра Томаса наверняка превращен в крепость и его не взять десантом, который мог бы пройти вглубь острова незамеченным.

—Можете ли вы захватить остров?

—Ради вас, миледи, я готов сразиться с драконом. Но захватить остров...

—Приказываю вам это именем королевы!

Дрейк встал.

—Чтобы напасть на испанскую колонию в мирное время мне нужен приказ самой королевы.

—Сейчас вы убедитесь, что это необходимо. Я верю, что вы сохраните тайну.

—Миледи, я внимателен как судья, которому предлагают взятку.

—Благодарю вас. Итак, находясь в Тауэре, ее величество написала письмо испанскому офицеру из ее охраны. Сэр Томас убил офицера на дуэли и захватил письмо. Мне необходимо получить его и уничтожить.

—Простите, что прерываю вас, миледи, но это не повод для войны с Испанией.

—Если это письмо увидит свет, вспыхнет гражданская война.

—А вы не преувеличиваете?

—Судите сами. Оно начинается так: "Милорд, обрушившиеся на меня несчастья заставляют меня забыть..."

—Остановитесь, миледи. Если я нападу на испанскую колонию, у меня сохранятся слабые шансы уцелеть. Но если я узнаю содержание такого письма, мне останется только пустить себе пулю в лоб, чтобы не затруднять палача. Я нападу на Сан-Хуан, чтобы наказать предателя и выручить своего капитана. И считайте, что я ничего не знаю о письмах, Тауэрах и пленных принцессах.

—Королева никогда не забудет вам этой услуги.

—Сохрани меня боже! Молю вас только, чтобы королева никогда о ней не узнала.

Глава 14

Дрейк оказался верен своему слову. На рассвете следующего дня пять пиратских кораблей, в которых ничто не выдавало недавних повреждений, входили в гавань Сан-Хуана.

Заняв свое излюбленное место на полуюте, леди Анна с волнением наблюдала за их маневрами. Они показались ей смешными: обменявшись с фортом предупредительными залпами, все пять кораблей встали точно носом к берегу и открыли огонь из носовых орудий. Ядра попадали в один и тот же участок, находившийся в стороне от хорошо видных береговых укреплений. Бессмысленность таких действий казалась ей очевидной: ни одна из пиратских пушек не нанесла ущерба форту. Однако, комендант форта, первые пять минут также недоумевавший, разразился проклятиями: огонь пиратов был направлен в то место, где находился склад с боеприпасами. Подавить этот огонь было трудно, так как пиратские корабли, стоя носом к берегу, представляли собой минимальную мишень для испанских пушек. К изумлению леди Анны на берегу началась паника, отнюдь не улучшившая положение защитников форта.

Звуки залпов взбудоражили и город, и его окрестности. В доме сэра Томаса исключение составлял только его хозяин. С чисто английской невозмутимостью он пытался выяснить у Дженни, каким образом исчезла из дома ее госпожа. Следует отдать должное его доблести: хотя допрос начался вчера и длился в общей сложности более четырех часов, сэр Томас еще не расстался с надеждой что-то узнать.

Нельзя сказать, что он строил иллюзии. Скорее, это была отчаянная попытка добиться истины после целого дня бесплодных поисков. Ему могли помочь только два человека: Дженни и Дик. Но Дик был заперт в погребе, а Дженни в ответ на каждый вопрос разражалась рыданиями, и никакие угрозы не могли вытянуть из нее ни слова.

Довольно, Дженни,—терпеливо говорил сэр Томас.—У вас две возможности: 50 фунтов и безопасный проезд в Англию или испанская инквизиция. Вы знаете, что значит инквизиция?

Рыдания Дженни заставили сэра Томаса усомниться, что она понимает его слова.

—Хорошо. Раз вам не нравится 50 фунтов и возвращение в Англию, я сейчас прикажу доставить вас в инквизицию,—он позвонил в колокольчик, но вместо слуги в комнату вбежал сержант Сандес. Недавнего победителя пятидесяти пиратов трудно было узнать.

—Ваша светлость,...—задыхаясь сказал он.— Пленник!...

—Что—пленник?— В своем волнении сэр Томас не заметил, что рыдания Дженни внезапно прекратились.

—Разрешите доложить!

—Короче!—рявкнул сэр Томас так, что зазвенели стекла.

—Согласно приказу, мы не спускали глаз с двери погреба и держали оружие наготове.

—Короче!!

—Услышав пушечные залпы, мы удвоили бдительность, решив что...

—Короче!!!

—…короче говоря, ваша светлость, мы были в полной боевой готовности, когда дверь погреба медленно отворилась. Я приказал зажечь фитили и взять мушкеты наизготовку, но не стрелять, а сам предложил пленнику медленно выйти с поднятыми руками. Однако, вместо пленника из двери выдвинулась бочка с порохом…

—Что за чушь!

—С позволения вашей светлости, вслед за ней показался и сам пленник с горящим факелом в руках…

—Дальше!

—…пленник бросил факел в бочку и упал на землю, закрыв голову руками. Ожидая взрыва, мы последовали его примеру…

—Почему же вы живы, болван?

—С позволения вашей светлости, в бочке не было пороха. Но когда мы подняли головы, пленник исчез. Я послал солдат в погоню, а сам явился к вам за приказаниями.

—Сколько прошло времени?

—Чтобы разъяснить солдатам задание, мне…

—Короче!

—Десять минут.

Сэр Томас позвонил в колокольчик, не обращая больше внимания на сержанта.

—Седлать коней,—приказал он вошедшему дворецкому.—Со мной поедут двое. Эту особу надежно запереть,—он кивнул в сторону Дженни, которая как будто ожидала этого сигнала, чтобы снова громко зарыдать.

Дик слишком хорошо знал все закоулки в Сан-Хуане и слишком быстро бегал, чтобы беспокоиться о погоне. Через четверть часа, когда сэр Томас только садился на коня, Дик уже находился в самом центре города. На его стороне было извечное преимущество преследуемого—он мог бежать куда ему вздумается, предоставив погоне терять время на выбор одного из дюжины возможных путей. Дик полностью использовал свое преимущество, выбрав место, где его никто не будет искать. Через двадцать минут после несостоявшегося взрыва в усадьбе сэра Томаса он влезал на крышу дома губернатора, который в городе называли "дворец".

Перестрелка к этому времени ожесточилась. Испанцы, опасаясь, взрыва порохового склада, а с ним и половины города, всеми силами пытались отвлечь внимание пиратов. В дополнение к усиленному огню они послали к эскадре Дрейка несколько брандеров, надеясь если не поджечь, то хотя бы отогнать англичан.

Леди Анна с удивлением заметила, что невооруженные приземистые суда с горсткой людей на каждом привлекли такое напряженное внимание англичан, точнее, английских бортовых орудий. Ее недоумение рассеялось, как только одно из ядер попало в цель. Небольшое суденышко мгновенно превратилось в столб огня и она вспомнила рассказы о судах-самоубийцах, которые намертво прикрепляются к кораблю абордажными крючьями и взрываются вместе с ним. Брандеры неуклонно приближались и их уже стало трудно различать сквозь снасти "Элизабет", их ближайшей мишени. Забыв о главной цели сражения, леди Анна затаив дыхание следила, как они неуклюже ныряют между свистящими ядрами...

...И вдруг в ее глазах потемнело. Корабль содрогнулся. Мягкая невидимая рука прижала ее к перилам. Все звуки исчезли. С усилием повернув голову навстречу воздушной волне, она увидела, что города больше нет. На его месте стояло белое облако, сливаясь с облаками, закрывавшими солнце. "Сейчас я проснусь,—подумала леди Анна,—в доме сэра Томаса, или в Санто-Доминго, а может быть вся моя жизнь мне приснилась и я проснусь в Тауэре. Сегодня принцесса отправится в трактир и мы увидим там адмирала с его приемным сыном—кого же он мне напоминает?..." Эти мысли прервал удар грома, казалось, громче того, что может воспринять человеческий слух. "Наверное, я умерла",—успела еще подумать леди Анна, как вдруг все звуки вернулись. Она услышала радостные возгласы матросов, свистки боцмана, и грохот взметенных взрывом камней. Вместе со слухом к леди Анне вернулось и сознание. Она поняла, что ее оглушил взрыв порохового склада. Дрейк добился своего.

Симфония корабельных звуков резко изменилась. Радостные крики уступили место командам и топоту ног, заскрипели снасти. Дрейк стал осторожно перестраивать эскадру, ожидая дальнейших действий испанцев. Впрочем, леди Анне казалось, что дальнейших действий не последует. Вид разваленного форта был ужасен.

"Сейчас Дрейк будет высаживать десант,"— подумала она. В тот же момент снизу раздался голос помощника капитана Роберта Барнаби:

—Разрешите спускать шлюпки, сэр!

—Рано еще. Сейчас они начнут стрелять,—ответил голос Дрейка. В тот же момент раздался выстрел одинокой испанской пушки. За ней последовала беспорядочная пальба уцелевших батарей. Испанцы потеряли преимущество, но не сдались. Как и Дрейк, они выжидали решения губернатора Сан-Хуана. "Наверное, Дрейк сейчас возобновит огонь",— подумала леди Анна.

—Спускать шлюпки,—услышала она голос Дрейка.

—Десантную команду в шлюпки!—крикнул Барнаби.

—Одних гребцов,—поправил Дрейк.—Пусть идут на помощь "Элизабет".

Пока все ждали решения губернатора Сан-Хуана, два брандера один за другим приблизились к "Элизабет". Команда первого брандера, стоявшая наготове, начала забрасывать абордажные крючья в снасти и через несколько минут перепутала их настолько, что расцепить два судна было невозможно. Последние крючья впились в борт "Элизабет" и подтянули к ней брандер.

К месту столкновения бросилась дюжина матросов во главе с Кривым Джо. Они быстро поняли, что освободить "Элизабет" можно только со стороны брандера—слишком много крючьев запуталось в ее высоких снастях. Оставалось рискуя жизнью прыгнуть на плавучую мину и обрубить канаты. Времени было в обрез—испанцы уже зажигали факелы. Чтобы поджечь дюжину фитилей, торчащих из люков, требовалось всего несколько минут, а потом ничто не остановит взрыва.

И тут известный своей осмотрительностью Кривой Джо проявил безрассудный героизм: с громким криком он бросился на палубу брандера. Шесть или семь пиратов, поколебавшись, последовали за ним. Между испанцами и англичанами завязался рукопашный бой.

Канониры "Элизабет" тем временем отчаянно палили по второму брандеру. Ветром его почти прижало к первому и он неуклюже разворачивался, пытаясь подойти к свободному участку борта. Он уже почти развернулся, когда удачно пущенное ядро превратило его в огромный костер. Огонь быстро перекинулся на первый брандер и через минуту высокий борт "Элизабет" уже пылал. Сквозь пелену огня защитникам "Элизабет" предстала захватывающая картина. Полуголые, покрытые копотью испанцы и англичане метались по палубе брандера, обвязав головы смоченными в воде обгоревшими повязками. Команда Кривого Джо размахивала ножами, слишком поздно все же пытаясь обрубить канаты, связывавшие два судна. Пылающие снаряды с силой выбрасывались из люков и ударяли в борт “Элизабет”, оставляя за собой черные хвосты дыма. Участники рукопашной схватки один за другим прыгали в воду и лишь Кривой Джо продолжал отплясывать свой диковинный танец. Только когда языки пламени не пробили доски палубы, Кривой Джо, издав ужасающий вопль, кинулся в воду, последним покинув поле боя. Волна огня отбросила защитников “Элизабет”. Просмоленный борт горел удивительно быстро и команде оставалось только воспользоваться шлюпками, предусмотрительно спущенными с “Золотой Лани”.

Не в силах вынести ужасного вида охваченного пламенем корабля, леди Анна отвернулась и стала смотреть на город. Отсюда хорошо был виден испанский флаг, поднятый на флагштоке над домом губернатора. Он невозмутимо плескался на ветру, казалось, напоминая защитникам города, что несмотря на исход этой мелкой стычки испанская империя непобедима. И вдруг гордый пурпурный с золотом флаг медленно заскользил вниз. Крики, поднявшиеся на палубах всех кораблей, подтвердили леди Анне, что зрение ей не изменяет. Испанский флаг совсем исчез из вида, а на его месте вознесся и развернулся на ветру Георгиевский крест Англии.

Недоумение охватило обе сражающиеся стороны. Но если недоумение англичан можно скорее назвать радостным, то недоумение испанцев было смешано с растерянностью и испугом. До сих пор враг, хотя и превосходящий по силе, был с ними лицом к лицу и хорошо виден, а теперь враг, неведомый и потому еще более страшный, оказался в тылу, в самом центре города и утвердил свой флаг в оплоте, и символе Сан-Хуана—во дворце губернатора. Сражаться дальше, окруженными, среди развалин, казалось бессмысленным. Поэтому в ответ на холостой выстрел Дрейка —понятное всем предложение сдаться—форт выкинул белый флаг.

Глава 15

Взгляд Дика был прикован не к белому флагу, а к тонущей "Элизабет". Он чувствовал, что огонь и вода поглощают сейчас не корабль, а его самого.

Судьба, казалось, твердо решила насылать на него одну невыносимую утрату за другой. Он потерял родителей, потерял приемного отца, лишился права увидеть любимую Англию, а сейчас у него отняли право погибнуть вместе со своим кораблем, который он, как капитан, должен был покинуть последним.

Он не видел, как шлюпки с "Золотой Лани" подбирали уцелевших матросов, как корабли подходили к берегу и бросали якоря, а вооруженные англичане высаживались из шлюпок на пристань. Он видел только "Элизабет", которая уже уходила носом под воду. Волны гуляли по палубе, гася остатки пламени, поглощали шкафут, и полубак, перекатывались через высокую корму... Медленно исчезали в волнах квартердек, ют, полуют. Паруса безжизненно стелились по воде, покоряясь силе, увлекающей их вниз. Корабль, больше не сопротивляясь, покорно шел ко дну. Некоторое время еще торчали над водой реи с обвисшими на них клочьями парусов. Но вот уже верхушка грот-мачты погрузилась в пучину и только маленькие водовороты указывали место, где еще недавно качался на волнах величественный корабль, которым по праву гордилась эскадра Дрейка.

Дик не смотрел на эти водовороты. Когда вода сомкнулась на верхушками мачт, он уронил голову на руки и заплакал.

Дик еще не подозревал, какую роль в сражении ему удалось сыграть. Поднявшись на крышу, он нашел рядом с флагштоком мансарду, где хранились принадлежности для официальных церемоний. Среди них были и флаги всех наций, представители которых могли когда-либо попасть в Сан-Хуан. Дик спустил испанский флаг и поднял английский, не преследуя определенной цели. Ему хотелось испугать испанцев и выразить сочувствие Дрейку. Хорошо понимая последствия подобных действий, он собирался быстро скрыться. Однако, охваченная пламенем "Элизабет" приковала его взгляд и он оставался в доме губернатора до самой высадки англичан.

Первое, что вернуло его к реальности, была шлюпка, спущенная с флагмана. Он увидел, что вслед за фигурой, в которой он узнал Дрейка, в шлюпку спускается женщина. Дик выбрался из дома губернатора и побежал к пристани.

Стоявший на берегу капитан "Мериголд" Уильям Стивенс сам поймал канат, чтобы пришвартовать шлюпку адмирала. Дрейка и леди Анну сопровождали Лонгворд, Питер и Кривой Джо, обгоревший, но не утративший бодрости духа. Он занял достойное место в свите адмирала, как лучший после Дика знаток закоулков Сан-Хуана. Принятая у Дрейка железная дисциплина сохранялась и сейчас. Первым заговорил Стивенс:

—Его превосходительство милорд губернатор сейчас будет говорить с вами, сэр,—торжественно произнес он, указывая в сторону стоявшей рядом кареты, окруженной охраной. Дрейк кивнул головой и Стивенс подошел к карете размеренным шагом.

—Его превосходительство адмирал Дрейк прибыл для переговоров, милорд.

С точки зрения леди Анны этот странный церемониал не соответствовал обстановке и обстоятельствам, однако на лицах окружающих она с удивлением обнаружила такой же восторг, с каким лондонские мальчишки смотрят на смену караула у Тауэра.

События между тем развивались. Испанский офицер почтительно поклонился дверце кареты.

—Капитан Дрейк, ваше превосходительство.

Повинуясь незаметному сигналу он открыл дверцу и помог губернатору выйти их кареты.

Взорам собравшихся предстала странная личность. Парадный мундир мешком висел на коренастой фигуре губернатора, не скрывая, впрочем, старческой полноты. Морщины на лбу были подчеркнуты свисавшими складками щек и контрастировали с длинным тонким с горбинкой носом. При его появлении каждый из присутствующих ощутил невольный трепет. Живые и ясные, казалось, горящие глаза не оставляли сомнения, что этот человек рожден повелевать. В подтверждении этого через мундир была перекинута лента с орденом святого Хуана Альхамбра, одни бриллианты которого стоили замка в Испании. Опираясь на огромную трость из черного дерева, он направился к Дрейку таким уверенным шагом, что стоявший на его пути Стивенс вынужден был посторониться. Губернатор тотчас резко повернулся и направил на Стивенса лорнет в роговой оправе:

—Капитан Дрейк?—спросил он резким каркающим голосом.

Грозный капитан "Мериголд" очевидно растерялся.

—Капитан Стивенс, ваше превосходительство.

—Тысячу извинений, сэр. А мне послышалось имя "Дрейк".

Последовала неловкая пауза. Губернатор явно нарушал привычный церемониал, однако леди Анна почувствовала, что такое поведение здесь наиболее уместно. Но если тактика губернатора ввергла в замешательство Стивенса, Дрейк сохранил полную невозмутимость.

—Дрейк—это я,—сказал он, подходя к губернатору с тем же пренебрежением к этикету.—Ваш покорнейший слуга.—Вызов был принят и только леди Анна смогла оценить высокое мастерство соперников. Впрочем, оба не хотели терять времени.

—Мистер Дрейк, если бы я знал, что вы сопровождаете леди Гринфилд, я бы капитулировал без боя. Сколько напрасных жертв!— Губернатор галантно поклонился леди Анне и она с изумлением поняла, что этот человек видит и помнит гораздо больше, чем хочет показать. Когда он успел ее заметить и узнать, было выше ее понимания. Она невольно задала себе вопрос, что знает губернатор о ее побеге и о цели ее приезда.

—Вы разрешите, миледи, известить о вашем прибытии вашего жениха?—продолжил губернатор.

—Вы очень любезны, дон Мигель,—неопределенно ответила леди Анна.

—Я, кажется, не представился, — сказал губернатор, круто повернувшись к Дрейку.—Дон Мигель де Наварра, слуга и наместник Его Христианнейшего Величества. Я что-то не слышал, чтобы наши государства перешли в состояние войны.

—Мне об этом тоже ничего не известно, дон Мигель,—почтительно согласился Дрейк.

—Но стоило ли взрывать мой город, чтобы добиться смертного приговора? Уверяю вас, что не отказал бы вам в этой любезности, даже если бы вы прибыли сюда один.

—Не сомневаюсь, дон Мигель.

Леди Анна восхитилась искусством, с которым Дрейк вынуждает губернатора спросить об условиях капитуляции.

—Итак, чем я могу быть вам полезен, мистер Дрейк?

—У меня дело к некоему сэру Томасу Болдуин.

—Как, к английскому консулу?

—Совершенно верно, дон Мигель. Мы уедем, как только обсудим с ним вопрос, представляющий общий интерес. Надеюсь, вы не откажетесь употребить свое влияние, чтобы ускорить нашу встречу?

—Его дом на северо—западной окраине города. Мой адьютант вас проводит. Это все?

—Само собой разумеется, я вынужден просить вас, дон Мигель, о некоторой компенсации потерь для моих людей. Вы понимаете, что дело к сэру Томасу касается только меня. Но мои люди тоже должны быть вознаграждены за тот риск, которому они себя подвергали...

—Сколько?

—Мы не разбойники и не берем выкупа с друзей. Но вы не захотите оставить моих людей голодными, а им предстоит длительное плавание.

—Сколько же дней вы планируете провести в море?

—Недели две, но мы сможем без труда разместить трехнедельный запас.

—Это все?

—Все... Само собой разумеется, не хлебом единым жив человек. Помимо провианта у моих людей есть и духовные запросы.

—Вы хотите, чтобы я прислал им священника?

—Это было бы слишком любезно. Мы не можем так сильно вас затруднять. Пришлите им просто пятьдесят тысяч дукатов.

—Это все?

—На этот раз все... Разве что...

—Что?

—Да право же, ничего. Небольшой пустяк на память. Ваш орден. Поверьте, дело вовсе не в стоимости его бриллиантов, а в той радости, которую мне будет доставлять воспоминание о нашем знакомстве, увы, столь непродолжительном.

—Продолжаю восхищаться вашей скромностью, мистер Дрейк,—заметил губернатор, остерегаясь задавать дальнейшие вопросы, чтобы не вызвать в памяти собеседника еще какую-нибудь мелочь.

Неизвестно, что еще пришло бы в голову адмиралу, но в этот момент на прилегавшей к площади улице раздался выстрел и лошадиное ржание. Вслед за тем из переулка выскочила лошадь без седока.

Дрейк среагировал мгновенно. По его сигналу Лонгворд с дюжиной людей с "Элизабет" бросились на звуки.

Глава 16

От дома губернатора до пристани можно было добежать за четверть часа. Однако, Дику пришлось не бежать, а проталкиваться навстречу горожанам, спасавшимся от англичан. По мере приближения к пристани улицы все больше пустели. Попадавшиеся навстречу люди смотрели на него с удивлением и страхом. Неудивительно, что его легко заметили конюх и лакей сэра Томаса, сопровождавшие своего господина в поисках беглеца. Дик слишком поздно увидел, что узкая пустынная улица, отделявшая его от порта, перегорожена тремя всадниками.

Дик прислонился к стене дома и вытащил шпагу.

—Немного жарко для этого времени года, сэр,— начал он.

—Сдавайся или молись!

—Затрудняюсь в выборе, сэр.

—Взять его!—крикнул сэр Томас.

—Осторожнее,—ответил Дик. Левой рукой он вытащил пистолет и выстрелил в воздух. В отличие от сэра Томаса он знал, что команда "Элизабет" недалеко.

Это был тот самый выстрел, который прервал прощание Дрейка с губернатором. Дальнейшие события развивались молниеносно. Слуги направили лошадей прямо на прижатого к стене Дика. Укол шпаги заставил одну из них взвиться на дыбы и шарахнуться. Лакей свалился на землю, а лошадь, потеснив сэра Томаса, скрылась в переулке. Отразив удар шпаги конюха, Дик проскользнул под брюхом его лошади и перерезал подпругу. Конюх последовал за лакеем и Дик остался один на один с сэром Томасом.

—Вставайте, мерзавцы!—крикнул сэр Томас, обрушивая на Дика град ударов. Лошадь взвилась, на мгновение открыв Дику проход к пристани. Продолжая парировать удары, Дик бросился вдоль стены дома вниз по улице.

Увидев, что Дик ускользает, сэр Томас собрал все свои силы и обрушил на него страшный удар, усиленный падением поднявшейся на дыбы лошади. Парировать такой удар было бесполезно. Шпага Дика разлетелась пополам и сталь глубоко врезалась ему в плечо.

В этот момент в конце переулка появился отряд Лонгворда. Они увидели, как Дик падает, залитый кровью, а сэр Томас заносит шпагу для решающего удара. В следующую секунду в воздухе просвистел нож, метко пущенный Кривым Джо. Сэр Томас как подкошенный рухнул с коня, не выпуская шпаги. Подоспевшие конюх и лакей оказались лицом к лицу с превосходящим противником и молча побросали оружие.

Несмотря на свою рану Дик первым бросился к сэру Томасу. Опытным взглядом он сразу определил, что ножевая рана смертельна.

—Что я могу для вас сделать?—спросил он.

—Будь проклят!—прохрипел сэр Томас.

—Лонгворд, осторожно несите его к пристани. А вы двое,—он кивнул конюху с лакеем.—Приведите карету и врача.

—Если вздумаете удрать, найду и повешу,—крикнул Лонгворд им вслед.

Стоявшие на пристани с изумлением смотрели на подходящую процессию. Впереди шестеро пиратов осторожно несли сэра Томаса на растянутом плаще. Лонгворд и Кривой Джо поддерживали залитого кровью Дика. Остальные пираты окружили их плотным кольцом, стараясь дотронуться до чудом возвращенного им капитана. Вопреки сопротивлению, ему успели наспех перевязать рану.

Англичане и испанцы набросали груду плащей, чтобы уложить на них сэра Томаса. Лонгворд, выполнявший иногда обязанности корабельного врача, внимательно осмотрел раненого. Подойдя к Дрейку, он тихо сказал:

—Не больше часа, сэр.

—Займитесь Нортоном,—приказал Дрейк и скомандовал:—Всем отойти на двадцать шагов!

—Прошу вас, леди Гринфилд, — добавил он, поклонившись леди Анне.

Леди Анна в сопровождении Питера с трепетом приблизилась к умирающему. Взгяд его прояснился.

—Почему вы обманули меня, миледи?

—Это вы обманули меня, сэр.

—Значит, вы все знали...

—Подлинное письмо было сколото булавкой.

—Значит, и мальчишка и Дрейк—ваши орудия?

—Мы все—орудия судьбы, сэр.

—Скажите лучше дьявола.

—Я скажу—Бога, защитника слабых.

—Утешайте себя тем, что я убит по вашей вине рукой вашего наемника.

—Сэр Томас, вы—англичанин и вы умираете. Во имя Англии скажите, где письмо.

—Если я и орудие, то не в ваших руках, миледи. Позовите католического священника. Я хочу умереть в истинной вере.

—Да простит вас Бог, милорд.

Леди Анна опустила на лицо вуаль и отошла, уступив место священнику. К ней подошли Дрейк и Дик. Короткой передышки хватило им, чтобы обменяться новостями. В ответ на вопросительный взгляд Дрейка, леди Анна молча покачала головой. Дрейк решительно направился к сэру Томасу.

—Recquet in pace,—произнес голос священника.

Обнажив голову, Дик приблизился к ложу вслед за Дрейком. Его двоюродный брат, опекун и смертельный враг был мертв.

Глава 17

Губернатор, дон Мигель де Наварра, взял на себя заботы о похоронах собрата по вере. Дрейк, как старший по рангу среди англичан на острове, обещал лично присутствовать на церемонии погребения соотечественника, если это позволят дела государства и флота. Оба согласились, что салют должен быть из семи залпов, как подобало бы при данных обстоятельствах второму сыну маркиза или простому члену Палаты Лордов.

Поручив командование Стивенсу, Дрейк наконец занялся спасением Англии. Через полчаса он водворился вместе со свитой в доме сэра Томаса. По приказу губернатора, переданному через адъютанта, доблестная команда сержанта Сандеса сдала оружие команде "Элизабет", но осталась на месте в качестве нейтральных наблюдателей.

Дрейк, Дик, леди Анна и Питер прошли прямо в дом. В кабинете все еще находилась Дженни под охраной верного приказу дворецкого. Несмотря на известие о гибели сэра Томаса, старый слуга не решился оставить свой пост.

Измученная неизвестностью и трехчасовым пребыванием под стражей, Дженни бросилась навстречу леди Анне. В коротком взгляде, который она успела бросить на своего тюремщика, выражалось по замыслу торжество, злорадство, высокомерие и полное пренебрежение. Глаза ее наполнились слезами, на сей раз от радости, и впервые за все время нашего повествования обычное многословие изменило ей.

—Миледи...—только и сумела прошептать Дженни. Комок подступил к горлу леди Анна и она молча сжала руки своей служанки и подруги.

—Позаботься о ней, Питер,—сказала она почти обычным голосом. Бросив суровый взгляд на дворецкого, Питер подал Дженни руку и увел ее.

—Угодно что-нибудь приказать? Миледи? Адмирал? Капитан?— Интонации в голосе дворецкого ничем не выдавали чрезвычайности положения.

Дик, повинуясь взгляду Дрейка, взял разговор на себя.

—Скажите, где сэр Томас хранил бумаги и ценности?

—В письменном столе и на каминной полке, в шкатулке сандалового дерева, которую сэр Ричард привез из Ост-Индии.

—Вы хотите отправиться вследи за хозяином или помочь нам?—нетерпеливо вмешался Дрейк.

—Понимаю, сэр. В письменном столе есть два потайных ящика.

—Покажите их.

—Один где-то слева в крышке стола, а другой в правой ножке. Но я не знаю, где ключи.

—Тот, что в правой ножке, открывается без ключа,—сказал Дик. Он нажал кнопку, скрытую в резьбе, и из ножки стола выскочил небольшой яшичек. Он был пуст.

—Здесь лежало письмо от испанского адмирала, сэр,—сказал Дик Дрейку.

—А что было во втором ящике?

—Я не знал, что он существует.

—Где он?—Дрейк повернулся к дворецкому.

Дворецкий стал осторожно выстукивать крышку стола и пустое место вскоре отозвалось еле различимым гулом. На поверхности ни взглядом, ни наощупь, нельзя было заметить никаких следов крышки.

—Принеси инструменты,—сказал Дрейк.

—Это дерево квебрахо, сэр,—вмешался Дик.—В здешних краях говорят, что оно прочнее железа. С ним можно долго провозиться. Разрешите, я поищу кнопку. Вряд ли этот ящик открывается ключом.— Дик начал осторожно ощупывать гладкую поверхность стола.

Дрейк и леди Анна следили за ним, затаив дыхание. Однако, Дрейк явно предпочитал топор:

—Так мы провозимся до вечера,—мрачно сказал он.

—В детстве я провозился с первым ящиком около часа, сэр. Правда, мои руки с тех пор огрубели,—Дик выпрямился и начал пристально изучать полированную поверхность.

—Ты не уснул?—нетерпеливо спросил Дрейк. Дик не обратил на него внимания.

—Принесите фонарь,—сказал он дворецкому.

—Сию минуту, сэр.

В ярких лучах тропического солнца Дик зажег фонарь и скрылся с ним под столом. Дрейк посмотрел на леди Анну, словно извиняясь за сумасбродство товарища и приготовился к долгому ожиданию. Но в это время из-под стола послышался радостный возглас и на крышке стола обозначился прямоугольник, медленно поплывший вверх. Взорам присутствующих открылось углубление, доверху наполненное бумагами.

—Вы свободны,—бросил Дрейк дворецкому.

Дик вылез из-под стола и с удовлетворением смотрел на результаты своих изысканий. Леди Анна нерешительно двинулась вперед. Дрейк и Дик молча отошли вглубь кабинета.

В толстой пачке писем не было хорошо знакомого леди Анне пожелтевшего пергамента. В отчаянии она перебрала их по одиночке, но чуда не произошло. Взяв наудачу одно из писем, она пробежала его глазами. Письмо явно касалось Дрейка и его эскадры:

"Милорд!

Начинаю свое письмо с того, что Вас несомненно больше всего интересует. Я жив и здоров, мои плантации процветают, и самое главное—цены на золото и драгоценности неудержимо падают, по мере того как Ваши соотечественники все более преуспевают в стрижке бороды моего христианнейшего повелителя. Мне наконец удалось приобрести знаменитый перстень, подаренный Колумбом моему славному предку, Его Величеству Фердинанду Арагонскому. При загадочных обстоятельствах он (то есть перстень, а не Колумб и тем более не король) вновь появился в Новом Свете в лавке старого мошенника Барбьери. Должен сказать по секрету, что приобрел его втрое дешевле чем рассчитывал. Мерзавец уступил бы и больше, но Вы знаете, что когда речь заходит о красоте, будь то женщины, бриллианты или новенькие дукаты, я забываю о деньгах.

Кстати, о женщинах. Я бесконечно восхищен Вашей мудростью, но мне странно, что Вы поручаете такое тонкое дело как контршпионаж этим вульгарным испанским солдатам. Куда вернее, да и приятнее, было бы поручать это ловким красоткам, которым гораздо легче овладеть вниманием шпионов Вашего Дрейка. Но поскольку я—дворянин и всегда держу свое слово, я в точности выполнил Ваши указания. Мой поверенный, Эстебан Пуэбло, честный малый, хотя и негодяй, сообщил мне, что шпионы Дрейка благополучно отправились в свое логово на Барбадосе, начиненные ложными сведениями как жареная утка—яблоками. Они твердо уверовали, что золото еще находится в Съерра де ла Тина. Не сомневаюсь, что Дрейк постарается захватить золото, а Вы, в свою очередь, постараетесь захватить Дрейка. Счастлив порадовать Вас удачным каламбуром.

Однако, вернемся к важным делам. Я посылаю Вам два ящика испанского вина выдержки 1479 года. Кстати, это тот самый год, когда мой предок король Фердинанд II наследовал Арагон. Не сомневаюсь, что вы по достоинству оцените, как...”

Леди Анна потеряла интерес к письму и взглянула только на подпись. Прочтя ее, она невольно вздрогнула. Письмо было подписано доном Фернандо Аррендес. Не утруждая себя чтением других писем, она протянула Дрейку всю пачку. Пока Дрейк и Дик взволнованно изучали письма, леди Анна отошла к окну.

Воспоминания об отвергнутом поклоннике, чье сватовство чуть не кончилось трагедией, заставили ее затрепетать и она была рада отвлечь внимание живописной сценой на дворе.

Расположившись в тени большого дуба, пираты радушно угощали испанских пленников захваченным в погребе вином. Из общего галдежа леди Анна сумела разобрать, что речь идет о недавних подвигах Дика. Мощный бас сержанта Сандеса перекрывал остальные голоса.

—Как же он попал в дом, если вы охраняли двери?—спросил Кривой Джо на ломаном испанском языке, в который он для выразительности вставлял английские словечки.

—Никто не может пройти в дверь, которую охраняем мы!—объявил сержант.—Ваш капитан проник в дом вон по той ветке дуба.— Он не успел договорить, как с полдюжины пиратов, привыкших лазить по вантам, оказались на ветке, которая угрожающе затрещала.

—По одному, болваны!—рявкнул снизу Лонгворд.

—А куда потом?—спросили с ветки.

—Ваш капитан выпрыгнул из окна кабинета правее,—крикнул сержант. Пираты стали прыгать в окно гостиной. Шум в соседней комнате привлек внимание Дрейка. Он приоткрыл дверь и негромко, но отчетливо произнес:

—Пошли вон!

В нарушение сценария пираты попрыгали из окон гостиной. Вид у них был несколько пришибленный.

Дрейк невозмутимо обратился к леди Анне.

—Миледи, вы решительно приносите нам счастье. Эта пачка писем стоит жизни не одной команде. Если бы вы почтили нас своей миссией несколько лет назад, много храбрых англичан сейчас бы продолжали плавать вместе с нами, а не кормили бы рыб на дне.

—Я рада, адмирал. Но к сожалению в этой пачке нет того, что я ищу.

—Сейчас мы осмотрим всю комнату, миледи,— сказал Дик.—Если вы займетесь стенами, сэр, я осмотрю мебель.

Леди Анна никак не могла им помочь, и ее внимание отвлекли восторженные вопли во дворе. Буря была вызвана рассказом сержанта Сандеса о битве с пятьюдесятью пиратами. Команда знала, как все было на самом деле, и это только усиливало ее восторг. Ободренный успехом, сержант перешел к пороховому погребу.

—Пока мы отражали нападение, ваш капитан заперся в пороховом погребе.

Пираты, отталкивая друг друга, бросились в погреб.

Лонгворду пришлось вмешаться, чтобы установить порядок: Каждый входил в погреб, запирался и осматривался. За ним задвигали засов и по стуку выпускали. Когда наконец все желающие прошли эту церемонию, завершавшуюся кружкой, сержант Сандес перешел к рассказу о побеге.

Эта история затмила даже сражение с пятьюдесятью пиратами. Возможность двигать бочку, не погасив факел, привлекла всеобщий интерес. Так как пороховой погреб уже не мог вместить желающих, Лонгворд предложил двигать бочки во дворе. В этих маневрах приняли участие все, включая испанцев.

Всеобщее столпотворение вскоре приобрело некоторый порядок. Начались гонки: кто быстрее продвинет бочку по двору, не погасив факела. Катить бочку строго запрещалось, а факел необходимо было держать вертикально и подальше от бочки в точном соответствии с действиями Дика. Обежав двор, надо было бросить факел в бочку, упасть на землю, а затем вскочить, еще раз перебежать двор и взобраться на стену.

“Профессия этих людей—убивать друг друга,— подумала леди Анна.—А как естественно и просто они развлекаются вместе, словно дети. Почему они обречены посвятить свою жизнь тому, чтобы посылать друг в друга смертоносный металл? Даже самые злобные животные редко нападают на себе подобных. Кто виноват в этом? Судьба? Правители? Бог? И так ли уж важно различие в вере? Ведь даже моя госпожа, которая читала о вере больше любого епископа, полюбила католика. Какие чудовищные условности мешали им пожениться? В конце концов, мы верим в одного Бога, и даже Аллах у сарацин—это тот же Бог из пятикнижия, если я не ошибаюсь...”—подумав это, леди Анна вздрогнула и оглянулась—не слышит ли кто ее мысли. За недолгую жизнь при дворе она видела, как людей приводят на костер гораздо более скромные высказывания.

—Уйми своих негодяев, Дик,—сказал Дрейк, которому невыносимый шум мешал выстукивать стены. Дик распахнул окно кабинета.

Его появление вызвало бурю оваций, к которой присоединились и испанцы. К этому моменту большинство соревнующихся уже сидело на стене, а на дворе догорали брошенные бочки. По короткому жесту Дика во дворе установилась относительная тишина.

—Лонгворд!—крикнул Дик.

—Я, сэр!—вытянулся Лонгворд.

—Факелы погасить! Мусор убрать! Шум прекратить!

—Есть, сэр! — команда "Элизабет" бросилась выполнять приказание с быстротой и слаженностью, потрясшей испанцев.

Леди Анне показалось, что не прошло и минуты, как двор был чист, у всех выходов стоял караул, а остальные пираты вместе с испанцами сидели у дерева и относительно тихо прикладывались к кружкам.

—А что же делал все это время сэр Томас?—спросил Лонгворд.

—Наверное, сидел в кабинете и читал,—ответил сержант.

—Он читал??—раздалось сразу несколько голосов.

—Он же еретик,—заметил сержант и испуганно осекся. Но пираты были настроены добродушно.

—Я тоже еретик,—сказал Кривой Джо.—Но за всю жизнь я не прочел ни одной книги и не намерен!

—А мы думали, что все еретики читают библию,—озадаченно сказал один из испанских солдат.

—Сеньор Болдуэн читал не только библию,—вмешался солдат пообразованнее. Он был воспитан церковным сторожем.—Я слышал от горничной, что у него целый дом книг, и он их никому не показывает.

—В этой комнате ничего нет,—сказал Дрейк за спиной леди Анны.

—Вы уверены?—спросила леди Анна с упавшим сердцем.

—Разве что разобрать ее по бревнышку,—мрачно добавил Дрейк.

—Я еще раз спрошу дворецкого,—сказал Дик.

Дворецкий явно был неподалеку, так как явился через мгновение после звонка.

—Подумайте, нет ли других тайников,—сказал Дик.

—Думаю, что я бы о них знал, сэр.

—А где сэр Томас часто бывал один?

—Кроме этого кабинета еще в спальне и оружейной, сэр.

В этот момент в сознании леди Анны всплыли все время ее беспокоившие слова испанского солдата: "…У него целый дом книг и он их никому не показывает."

—А где библиотека сэра Томаса?—спросила она.

—За этой дверью, мэм,—дворецкий указал на едва приметную дверь в стене.—Но сэр Томас там никогда не задерживался. Он читал в кабинете у камина.

Дик и леди Анна устремились в библиотеку. Дрейк, которого больше привлекала оружейная, с некоторым скептицизмом последовал за ними.

—Искать письмо в библиотеке—все равно, что искать иголку в стоге сена,—грустно сказал Дик.—Тут пара тысяч книг, и даже если письмо просто вложено в одну из них, его поиски займут не один день.

—Проще было бы начать с оружейной,—проворчал Дрейк.

В поисках какого-нибудь ключа леди Анна и Дик стали бегло осматривать полки. Пожав плечами, Дрейк стал выстукивать корешки книг.

Леди Анна просматривала полки с невольным интересом. Только у своей матери и у королевы она видела лучшие библиотеки. Здесь были собраны книги от Гомера до Ронсара и от Аристотеля до Коперника. Здесь было, казалось, все, что стоит прочесть…

Она успела просмотреть только две из ста полок, когда восклицание Дика заставило ее оглянуться. Дик смотрел на полку таким взглядом, какой леди Анна видела у него только один раз, когда он разглядывал "Санта-Барбару", думая, подавать ли сигнал к атаке.

—Взгляните, миледи,—произнес Дик.

Книга, на которую он указывал, была покрыта пылью больше остальных. На корешке изящными золотыми буквами было выведено: "Повесть об одном роковом взгляде, которым обменялись королева Гиневра и сэр Гавейн".

Пиратский капитан и доверенная посланница королевы посмотрели друг на друга и с облегчением засмеялись.

—Что случилось?—изумленно спросил Дрейк.

—Взгляните сами, адмирал,—сказала леди Анна.

Дрейк внимательно прочел заглавие и вопросительно посмотрел на Дика.

—Кто это такие?—нетерпеливо спросил он.

—Сэр Гавейн—один из двенадцати рыцарей круглого стола короля Артура. Королева Гиневра действительно однажды обменялась роковым взглядом, но не с сэром Гавейном а с сэром Ланцелотом. С этого началась их любовь, отчего и погибло все королевство Камелот. Это название явно придумано, чтобы книга бросалась в глаза.

Леди Анна осторожно сняла книгу с полки и открыла ее. Книга была интересна сама по себе. Это был дневник сэра Томаса. Дата на первой странице стерлась, однако год можно было легко разобрать: 1554. Проглядев несколько страниц, леди Анна поняла, что этот дневник был начат в Тауэре и содержал много такого, что проливало свет на роль сэра Томаса как главы английской свиты принцессы Елизаветы. Она нашла там и свое имя. На одной из страниц значилось: "Леди Анна Гринфилд— очаровательная маленькая глупышка и еще более очаровательная наследница немалого состояния— частенько оставляет двери открытыми во время тайных разговоров с ее высочеством..."

Леди Анна быстро перелистала дневник. Она вдруг поняла, откуда сэр Томас, а возможно, и сама королева Мария, узнали о существовании рокового письма. Она вспомнила, как столкнулась с сэром

Томасом, выходя от Елизаветы, и ничего не заподозрила... Однако, где же письмо?

Леди Анна пролистала книгу несколько раз, но письма не обнаружила. Ею овладели отчаяние и бесконечная усталость.

—Если уж в этой книге и правда спрятан секретный документ, миледи,—вмешался Дрейк,—то он заклеен в корешке. Вы разрешите?

Если чтение заголовков было для Дрейка неестественным занятием, то орудуя своим огромным кинжалом, он мог вызвать зависть любого часовщика или ювелира с их более точными инструментами. Из проделанного им разреза в корешке выпал тщательно сложенный пергамент. Миссия леди Анны была завершена.

Глава 18

Как полководец на решающем прорыве, как художник на решающем мазке, как алхимик на решающем опыте, так леди Анна сосредоточила все свои душевные силы на одном—проверить подлинность письма. Она напряженно вызывала в памяти мельчайшие детали почерка Елизаветы, очинку ее пера, весь путь письма из рук Елизаветы, за свой корсаж, и наконец во внутренний карман камзола дона Фернандо. Она узнавала каждую складку, оставленную на пергаменте во время этого пути. Она искала следы подделки, как грабитель ищет сокровища в уже расхищенной пирамиде, и не находила их. И все же только сама Елизавета могла окончательно признать письмо подлинным.

После пятилетнего перерыва письмо снова оказалось за корсажем леди Анны, где ему предстояло проделать обратный путь в руки Елизаветы. С нее слетела озабоченность, и не будь ей и без того восемнадцать лет, можно было бы сказать, что она вышла из библиотеки помолодевшей. Дрейк и Дик дожидались в гостиной, не зная, отправятся ли они в столовую или на новые поиски письма.

—Должна сознаться, джентльмены, что я проголодалась,—сказала леди Анна со светской непринужденностью.

—Клянусь, миледи, вы читаете мои мысли!— воскликнул Дрейк.—Надеюсь, этот бездельник дворецкий умеет не только подслушивать…

—Обед подан,—объявил вошедший дворецкий.

—…Однако, когда везет, и подслушивание бывает полезным,—закончил фразу Дрейк.

В те времена еда являлась для людей не просто средством утолить голод или полакомиться, она была источником глубоких впечатлений, целой симфонией человеческих чувств. Искусство повара демонстрировалось как богатство, существовал особый язык блюд, сервировки и обеденного церемониала. Затраты на обед имели смысл дипломатической ноты. Повар сэра Томаса выразил в своем обеде единодушное желание населения острова задобрить своего победителя.

Обед был классическим образцом карибской кухни, которая оставалась для леди Анны загадкой, несмотря на три недели, проведенные в Новом свете. Характерной чертой этой кухни являлось глубоко продуманное сочетание блюд. В отличие от европейской кухни, где каждое блюдо являет собой отдельный кулинарный шедевр, блюда карибской кухни, не менее изысканные, составляли единое целое, как слова составляют песню. К примеру, цель закуски была не возбуждать аппетит, который уже есть, а слегка его притупить, чтобы исключить неуместную поспешность со следующим блюдом. Суфле из мяса ламы в миндальном молоке, пища изысканная, но не экзотическая, было съедено в сосредоточенном молчании.

Следующее блюдо подавалось с целью слегка возбудить аппетит, но не остротой, а нежностью. Здесь начиналась экзотика. Леди Анна увидела бело-розовую массу с тонким запахом пряностей.

—Что это?—спросила она.

—Филе колибри и зеленые ростки баобаба,— немедленно отозвался Дик.

—Не забудь еще языки акулы,—включился Дрейк.

—С вашего позволения, сеньоры,—вмешался оскорбленный повар,—это пудинг из крабов в маисовом тесте со стручками сладкого перца. Это блюдо называют "Королевским".

—Я же чувствую, что тут не хватает чеснока!—заметил Дрейк, подливая масла в огонь.

—В этом блюде нет места чесноку, сеньор! Необычному вкусу крабов маисовое тесто добавляет нежность, а сладкий перец придает оттенок легкой горечи и любая добавка была бы...

—Я нахожу это блюдо восхитительным, сеньор,—успокоила его леди Анна.

Когда королевскому пудингу были возданы королевские почести, на столе появилась серебрянная супница с густой зеленой жидкостью. Разговор возобновился не сразу.

—Это напоминает мне что-то,—сказала наконец леди Анна,—только это гораздо вкуснее.

—Мой кок готовит суп из телятины как-то иначе,—невозмутимо произнес Дрейк.

—В самом деле, вкус необычный,—добавил Дик.— Это, вероятно, потому, что сюда добавлены молодые иглы дикобраза. Обычно из них делают студень.

—Я и не подозревала, что вы такой знаток кулинарных секретов,—заметила леди Анна.

—Это черепаховый суп, изготовленный по особому рецепту!—объявил повар, уже подготовленный к новым неожиданностям.—Сюда добавлены белое вино, красный перец и молодые побеги бамбука. Вслед за этим супом принято есть ломтики бананов с корицей, запеченных в маисовых листьях.—По его знаку перед каждым из сотрапезников появилось блюдце с золотистыми ломтиками.

За столом воцарилось продолжительное молчание, которое не нарушалось больше до самого десерта.

Не утруждаясь перечислением всех яств, можно упомянуть только, что в качестве основного блюда была подана индейка в соусе из бобов какао, посыпанная тертыми кокосовыми орехами с ванилью—традиционное блюдо Карибских островов. Ее сопровождал картофель, запеченный с палочками гвоздики и перцем. Впечатление многократно усиливалось драгоценным испанским вином 1479 года, о котором упоминал в своем письме дон Фернандо Аррендес.

Мужчинам отдельно подали сушеных термитов. Губернатор запретил подавать это блюдо дамам после того, как его гостья упала в обморок, когда ей показалось, что термит шевельнул лапкой.

Перед десертом были поданы прохладительные напитки—сок манго и кокосовое молоко с соломинками прямо в орехах. Сотрапезники получили передышку, чтобы возобновить разговор за десертом, состоявшим из ломтиков ананаса с сахаром, корицей, орехами и сливками и чашки какао с ромом.

—Кажется, я никогда в жизни больше не съем ни кусочка,—сказал Дрейк, отодвигая пустую тарелку.—Разве что за ужином.

—Искусство здешнего повара можно сравнить лишь с искусством ваших канониров, адмирал,—заметила леди Анна.—Только настоящий мастер мог попасть в пороховой склад с такого расстояния.

—Раз уж об этом зашла речь, миледи, я вынужден признаться, что это не под силу даже настоящему мастеру.

—Но...

—Пороховой склад действительно взорван мастерами своего дела. Однако, они не имеют чести быть канонирами.

—Кто же они, адмирал?

—Боцман с "Золотой лани" и два матроса. Эти парни побывали в испанской тюрьме и свободно говорят по-испански. Они высадились на острове еще ночью и подложили под стену склада такой заряд пороха, что моему щедрому другу дону Мигелю де Наварра придется теперь собирать форт по кусочкам.

—Для чего же вы стреляли в склад с кораблей, адмирал?

—Чтобы отвлечь внимание, миледи. А заодно отогнать испанцев от склада.

—Эти трое смельчаков очень рисковали,— задумчиво произнесла леди Анна.

—Они получат тройную долю добычи, миледи.

—Во всяком случае, примите мое восхищение вашим тактическим искусством, адмирал.

—Я еще более восхищен, миледи. В первый раз вижу, чтобы от чтения книг может быть хоть какая-то польза. Подумать только, если бы королева Гиневра не обменялась роковым взглядом с сэром Гавейном, мы не смогли бы сейчас пообедать...

—Не с сэром Гавейном, а с сэром Ланцелотом, адмирал,—поправил Дик.

—Из благодарности я даже готов выслушать, что это за роковой взгляд.

—История этого взгляда древнее любого королевского рода, сэр.

—Ваш ученик—весь внимание.

—Вы, конечно, помните, сэр, что праотец Иаков встретил у колодца красавицу Рахиль и полюбил ее с первого взгляда.

—"Иаков полюбил Рахиль и сказал: я буду служить тебе семь лет за Рахиль, младшую дочь твою",— вставила леди Анна.

—Если не ошибаюсь, ко времени рыцарей круглого стола красавица Рахиль должна была несколько состариться,—заметил Дрейк.

—Вы правы, сэр. Но речь теперь пойдет о дочери венгерского короля, жившей примерно двенадцать веков назад.

—Я не знал, что принцессы проводят время у колодца.

—Конечно нет, сэр. Однажды принцесса вышивала, а юный оруженосец читал ей вслух Библию.

—Бездельник!

—И когда он дошел до сцены у колодца, они обменялись взглядом, который перевернул всю их жизнь. Они поняли, что сейчас поцелуют друг друга.

—Их обоих повесили?

—Нет, сэр. Они поженились и про их счастливую любовь написал поэму автор, который, увы, остался неизвестен.

—Я знал в Плимуте старика Кьюдмена. Он говорил стихами, когда выпьет и как поэт он действительно не слишком известен.

—Примерно через 200 лет сэр Ланцелот, самый храбрый из рыцарей короля Артура, читал королеве Гиневре ту самую поэму. Когда они дошли до уже известного вам взгляда, сэр Ланцелот поднял глаза от книги, а королева от вышивки...

—...Их взгляды встретились и они поняли, что любят друг друга и сейчас поцелуются!—победоносно закончил Дрейк.

—Я вижу, что слухи о вашей проницательности не преувеличены, адмирал,—заметила леди Анна.

—Держу пари, что они поженились и были счастливы.

—Увы, адмирал,—сказала леди Анна.—Из-за этой любви началась война, в которой погибли все герои и королевство Камелот.

—Однако, не отчаивайтесь, адмирал,—поспешил добавить Дик.—Погибло только королевство, а роковой взгляд уцелел. Шесть веков спустя некий Паоло Малатеста читал историю королевы Гиневры красавице Франческе. Она была женой его старшего брата Джианситто, герцога Римини. Вы, наверное, догадались, что произошло?

—Попробую угадать. Прочтя про роковой взгляд, Паоло поднял глаза от книги, а Франческа от вышивки, и они поняли, что любят друг друга. Они поцеловались, но я не могу вообразить, чем это все кончилось.

—Старший брат и обманутый муж казнил их обоих, сэр.

—Из всех трех взглядов у этого — самый правдоподобный конец.

—Потому, что это—истинная правда, сэр. Данте Алигьери записал это со слов своей кузины, племянницы Франчески.

—Так, значит, первые два взгляда были вымыслом?—торжествующе спросил Дрейк.

—Увы, это не известно, сэр. История любви Гиневры и Ланцелота впервые описана Кретьеном де Труа 600 лет спустя.

—И вы считаете, что он нас обманул?—допытывался Дрейк.

—Видите ли, сэр, ему принадлежит слава изобретателя исторических романов. Попросту говоря, фантазий на тему истории.

—Становится легче на душе от того, что по крайней мере третий взгляд достоверен. Но я вас не дослушал. Кто же погиб, обменявшись четвертым роковым взглядом?

Тронутые наивной увлеченностью грозного адмирала, Дик и леди Анна с улыбкой взглянули друг на друга.

Впервые за три недели своего знакомства, точнее, за те три дня, которые они провели вместе, они прямо посмотрели друг другу в глаза. В их сознании пронеслись все их встречи: беззащитная служанка и галантный французский дуэлянт, английская графиня и пиратский капитан, заплаканная невеста циничного вымогателя и нищий португальский рыбак, посланница королевы и безрассудный солдат. Казалось, что за эти несколько мгновений они прошли вместе долгую жизнь, полную опасностей, разочарований и побед. Однако, вернувшись к реальности, Дик понял, что Дрейк все еще ждет ответа на только что заданный вопрос.

—Боюсь, сэр, что четвертый взгляд еще не описан в литературе,—ответил Дик.

—Жаль. Хотел бы я знать, чем он мог бы закончиться,—заметил Дрейк.

Глава 19

Губернатор Сан-Хуана и Дрейк решили, что им выгоднее честно выполнить свое соглашение. Выкуп был доставлен, а Сан-Хуан не разграблен. Сразу после торжественной и печальной церемонии похорон сэра Томаса, где речи о его религиозности и патриотизме глубоко тронули даже самые черствые сердца, был отдан приказ поднять якорь. Четыре корабля Дрейка вышли из гавани и взяли курс на юго-восток.

Дик с частью команды разместился на флагмане, где, разумеется, находилась и леди Анна с Дженни и Питером. Естественной целью путешествия был Барбадос, куда, по сведениям леди Анны, должна была вскоре прибыть английская эскадра. По тайным слухам Елизавета направила туда адмирала лорда Ховарда Эффингема с целью положить начало английским колониям в Новом Свете.

Дик впервые в жизни оказался на корабле в роли пассажира. Если для матросов с "Элизабет" всегда можно было найти дело, то капитан на корабле мог быть только один. Безделие было бы невыносимым, если бы не общество другого пассажира, также обреченного на безделие. Дик и леди Анна были вынуждены проводить вместе все время и отнюдь не тяготились этим.

Казалось бы, после нахождения письма, они оба должны были находиться в эйфории. Однако, к своему удивлению, они испытывали только грусть.

Исчезло общее дело, связывающее их судьбы. Момент расставания был близок. И чем больше он приближался, тем чаще они задумывались, не лучше ли было бы им провести остаток жизни в поисках письма...

Леди Анна невольно отгоняла мысли о возвращении в Англию, к рекам вместо моря, к дождям вместо ливней, к туманам вместо неба, к заботам не о жизни, а о репутации. Возвращении, как ей теперь казалось, к полусонному существованию, чтобы навсегда распроститься с бурными переживаниями, смертельными опасностями, и безнадежной... она чуть не подумала "любовью".

Погруженная в эти мысли, леди Анна не сразу заметила Дика, который остановился поблизости, явно ожидая случая начать разговор.

—Сколько дней нам осталось плыть, капитан?

—Три, миледи.

—Так мало?—вырвалось у нее. Она покраснела и поспешила переменить тему.

—Я давно хотела вас кое о чем спросить, капитан.

—Сочту за честь, миледи.

—Почему вы избрали эту жизнь, когда ваши качества обеспечивали бы вам блестящий успех при английском дворе?

—Благодарю вас за незаслуженный комплимент, миледи, но посмотрите, что делает с людьми жизнь в Англии.

—Что вы имеете в виду?

—Я расскажу вам истории нескольких людей, миледи. Вон на баке возится с парусом Горбатый Дик. Душой он еще более уродлив, чем телом. Когда умер его богатый брат, он сделался опекуном двух племянников. Он поселился в их доме, выгнал преданных слуг и обвинил жену брата, будто она наколдовала ему горб. Вы думаете, он на этом остановился? Ничуть не бывало. Он напустил на племянников наемных убийц и получил наследство.

—Какой ужас!—воскликнула леди Анна—Эта история мне что-то напоминает.

—А вон красит планшир Красавчик Генри. На его дом однажды напали грабители и случайный прохожий, рискуя жизнью, помог ему спасти свое имущество. И как вы думаете, какова была его благодарность? Ему показалось, что прохожий требует слишком большой награды, и наш Генри в споре отнял у него все деньги.

—Как странно!—воскликнула леди Анна.—И эта история мне знакома.

—А уж посмотрите вон на того Генри. Его зовут Франтом, потому что у него единственного есть лиловая бархатная куртка. Он был превосходным хозяином в своем поместье и первым в деревне отказался платить десятину церкви. Что же тут плохого, спросите вы? Только маленькая деталь. Он был женат шесть раз. Двух жен он убил за неверность, одну бросил за бездетность, одну за некрасивое лицо, одну преждевременно свел в могилу своими капризами...

—Зато его последний брак был счастливым,— закончила леди Анна, которая наконец поняла, где она могла все это слышать. Дик пересказывал ей историю трех английских королей—Ричарда III, Генриха VII и Генриха VIII.

—И все же вы должны понять, миледи, почему я предпочитаю общество простых честных пиратов.

—Вы не должны слишком строго осуждать королей,—возразила леди Анна.—Они несут на себе такое бремя, что простым смертным не дано судить их поступки.

—Я их не сужу, миледи, я их всего лишь избегаю.

—А если королева нуждается в вас?

—Тогда мой долг повиноваться.

—Значит, вы можете служить королеве только из чувства долга?

—Мне известны случаи, миледи, когда к службе у королевы призывал не только долг. Одному из моих друзей—вы не увидите его на этом корабле—выпало неслыханное счастье. Несколько раз ему являлось небесное видение. Она была загадочной, как лунный свет, беспощадно-чистой, как блеск молнии, нежной, как капля росы, и непобедимой, как откровение свыше. Каждый, кому выпало незабываемое счастье взглянуть в ее глаза, чувствовал, как все хорошее в нем крепнет, а все плохое исчезает как туман... Тот, кто однажды увидел ее, мог жить только одним—ожиданием новой встречи. Я не могу сказать, что этот ангел являлся моему другу. Скорее всего, она следовала своим таинственным путем, непостижимым для смертного, как непостижимо небо для морского дна.

—Как же тогда он мог ее увидеть?

—Так же, как можно уловить мерцание далекой звезды сквозь случайный разрыв в облаках, как бедняк может издали увидеть драгоценный камень на окладе иконы в соборе. Она являлась ему в самых неожиданных местах: в уличной потасовке, в морском бою, на лесной дороге, в побежденной крепости. Их последняя встреча была особенно счастливой—ему выдался случай поговорить с ней. Она пожелала, чтобы он вернулся в Англию служить королеве.

—И он вернулся?

—Нет, он отказался и видение навсегда исчезло.

—Что же с ним стало?

—Он стал безразличен сам себе. Его существование теперь похоже на сон. Он постоянно ищет свое видение хотя знает, что никогда не сможет его найти.

—Какая печальная история,—медленно произнесла леди Анна.

Небо вдруг показалось ей тусклым, море холодным и серым, а легкий морской бриз—ледяным и пронизывающим. Она вспомнила, как по приказу Елизаветы спела для дона Фернандо Родригес балладу, понятную ему одному. Тогда она гордилась сложным и опасным поручением и только сейчас, пять лет спустя, поняла, что ее песня разбила сердце молодого испанца. А романтичная баллада, которую только что, с чуть излишней откровенностью, сочинил для нее Дик, была беспощаднее прямого ответа. Дик скорее разобьет свое сердце разлукой, чем последует за ней в Англию.

Ей стало жаль, что она не вставила в свою песню слова утешения, которых ей сейчас так не хватало. Она подумала, что в виде песни баллада Дика была бы гораздо теплее и попыталась представить, как Дик спел бы ее в трактире возле Тауэра. Почемуто перед ее глазами возник сероглазый подросток, бесстрашно явившийся вместе с адмиралом, сэром Ричардом Болдуин, выразить свою преданность протестантской принцессе. Имени его она не помнила.

Глава 20

На следующее утро леди Анну разбудил необычный шум на палубе. Она была рада возможности проснуться окончательно, потому что всю ночь ее преследовали кошмары. Сначала ей снилось, что она стоит с кем-то на палубе и вдруг налетает сильный порыв ветра. Чтобы удержаться на ногах, она хватается за перила, которые внезапно оказываются свитком пергамента. Ее ноги отрываются от палубы, ветер подхватывает ее и уносит вдаль. Человек, стоявший рядом с ней, поворачивает голову, но она уже не может разглядеть его лицо... Наполовину проснувшись, леди Анна долго пыталась понять, кто же это был и незаметно погрузилась в следующий сон. Ей снилась свадебная церемония в Вестминстерском соборе. Она была посаженной матерью и выдавала Дженни за Питера. Во сне ей не показалось странным, что слуг венчают с такими почестями. Жених и невеста по ступеням взошли к алтарю и опустились на колени. Взволнованная, леди Анна не слишком внимательно слушала епископа, совершавшего обряд. Внезапно епископ умолк, и она почувствовала, что все смотрят на нее и чего-то ждут. Она огляделась и поняла, что посаженная мать теперь Елизавета, а невеста—она сама и от нее ждут слова "да". Она хотела выяснить, кто же жених, у нее было множество вопросов, но голос ей не повиновался и епископ, не дожидаясь, продолжил: "Вы, лорд Болдуин"... "Неужели я все-таки выхожу за сэра Томаса?"—подумала леди Анна с ужасом. Она в отчаянии взглянула на жениха—судя по фигуре, это был кто-то другой. Почувствовав ее взгляд, жених повернул голову, но она проснулась, не успев увидеть его лицо... Почти сразу же она уснула опять. Ей снова было 13 лет и она бежала по лабиринту каменных коридоров в Тауэре, сжимая в руках письмо королевы. Дон Фернандо был где-то в глубине лабиринта, но ей не было страшно, потому что рядом с ней бежал сероглазый мальчик, спутник адмирала. Они разговаривали как старые друзья, и им было так весело, как будто вместо темного мрачного лабиринта они бегут по солнечной лужайке. Внезапно перед ними появился дон Фернандо. Леди Анна протянула ему письмо, и вдруг поняла, что это сэр Томас. Она отдернула руку с письмом и мальчик бросился между ними. Теперь это был уже юноша лет двадцати. Он схватился за шпагу, но в этот момент лабиринт стал обваливаться, раздались крики и топот ног, и она проснулась.

Крики и топот ног продолжались и наяву. "Где-то я видела этого юношу",—подумала леди Анна, как и все просвещенные люди ее времени серьезно относившаяся к толкованию сновидений.

Она могла бы и дальше размышлять о своих странных снах, но в этот момент в каюту вбежала Дженни. Леди Анна улыбнулась.

—Я вижу, у тебя полно новостей,—сказала она.

—Какая же вы проницательница, миледи!

—Ты хочешь сказать, прорицательница.

—Я так и говорю, миледи. Мы встретились с английской эскадрой лорда Ховарда Офингена.

—Эффингема?

—Я так и говорю, миледи. Капитана Дрейка вызывают к господину адмиралу. И, знаете, как вызывают? Маленький человечек на главном корабле машет цветными флажками. Будто ветер треплет цветные ленты на майском шесте. Капитан Дрейк сейчас стоит на палубе, а рядом с ним офицер смотрит в подзорную трубу и притворяется, что все эти взмахи означают слова. А иногда вдруг сам принимается махать. Я бы на месте капитана Дрейка ему не поверила. Правда, у него такой красивый красный платок, и к его рыжей бороде очень подходит. Я давно советую Питеру отпустить бороду...

—Я вижу, Дженни, от твоих глаз ничего не укроется.

—Но я еще не сказала главного, миледи. Если верить этому рыжему офицеру, то капитану Дрейку велено взять с собой к адмиралу капитанов всех кораблей. Они все принарядились и прибыли сюда на шлюпках. А капитан Нортон сейчас спорит на палубе.

—С кем спорит?

—С командой "Элизабет". Они, кажется, не хотят пускать капитана Нортона к господину адмиралу.

Леди Анна ощутила внезапную тревогу. Она вспомнила, что для английского адмирала Нортон и Дрейк—государственные преступники и что кроме нее их некому защитить.

—Дженни!—перебила она.—Беги к Питеру и пусть он передаст капитану Дрейку, что я хочу как можно скорее увидеть адмирала.

—Так я как раз это и говорю, миледи! — воскликнула Дженни. — Капитан Дрейк свидетельствует свое почтение и сообщает, что он направляется к адмиралу Офингену.

—Спасибо, Дженни. Передай ему мой ответ.

Леди Анна приготовилась к разговору с адмиралом так же быстро и тщательно, как Дрейк обычно готовился к бою. С помощью Дженни она облачилась в придворный туалет в рекордный срок, не упустив, однако, ни одной мелочи.

Результат был в точности тот, ради которого учреждены придворные туалеты. Строгое, темно-синее с жемчугом платье, окружило леди Анну неуловимым ореолом близости к самой вершине государственной власти. Ее лицо и походка внушали естественное желание повиноваться.

Буря разнообразных чувств, вызванных ее появлением, была почти осязаемой.

“Если я когда-нибудь женюсь, то не меньше чем на графине”,—подумал Дрейк.

“Последний месяц я просто грезил наяву,—подумал Дик.—Жаль, что меня не успели убить до пробуждения! Впрочем, надеюсь, осталось недолго”.

Что касается мыслей матросов, то они колебались от “Вот это да!” у самых романтичных и образованных, до “за этот жемчуг дадут не меньше десяти тысяч дукатов!” у самых здравомыслящих.

Все, кто собирались к адмиралу, естественным образом превратились в свиту леди Анны.

К моменту ее появления переговоры с флагманом английской эскадры были уже закончены. Шлюпка с шестью гребцами покачивалась у борта. Дрейк и Дик отделились от беспорядочно движущейся толпы на палубе и направились навстречу леди Анне. Их лица отражали невозмутимое, казалось, даже благодушное спокойствие. “Спокойствие настоящих пиратов,— подумала леди Анна.—Впрочем, я наверное, выгляжу так же. Интересно, может ли женщина быть пиратом? Если да, то я неплохо осваиваю эту почетную профессию. Целый месяц без передышки поединки, переодевания, побеги, морские сражения, поиски кладов, государственные измены. Неужели к этому можно привыкнуть?”

В этот момент она с тревогой заметила, что движения на палубе не так уж беспорядочны. Матросы “Элизабет”, по одному выныривая из пестрой толпы, выстраивались у трапа.

Проследив направление ее взгляда, Дрейк и Дик обернулись и устремились в гущу событий. Леди Анна еще не знала, что такое построение означает бунт, и последовала за ними с некоторым удивлением.

Когда леди Анна приблизилась, она сразу ощутила ситуацию по выражению лиц старших офицеров эскадры Дрейка. Они смотрели на выстроившихся матросов с тем непроницаемым хладнокровием, с которым люди их профессии всегда встречали серьезную опасность. Они знали, что бунт, как и буря, могут кончиться чем угодно.

—Очередь на нок-рею?—мрачно спросил Дрейк.

Вперед выступил выборный команды, вездесущий Кривой Джо. Он произнес традиционную фразу, придававшую законность выступлению:

—С вашего разрешения, сэр, команда "Элизабет" недовольна.

—Здесь вам не "Элизабет", мерзавцы!—вступился Роберт Барнаби, помощник капитана "Золотой Лани".

Сразу стало ясно, что это неверный ход. Команда "Золотой Лани" угрожающе загудела.

—Короче!—рявкнул Дрейк.—Какого дьявола вам надо?

—Команда рассудила, сэр,—начал Кривой Джо,— что если капитан Нортон отправится с вами к адмиралу, его сделают ослом отпущения...

—Козлом!—зашипели на него со всех сторон.

—...короче, сэр, что его повесят,—закончил Кривой Джо.

В команде раздались возгласы, а офицеры помоложе позволили себе улыбнуться.

—Не вашего ума дело, мерзавцы! Разойтись!— снова вмешался Барнаби.

Усилившийся гул заставил его замолчать. После паузы он продолжил, уже не так резко.

—Но кроме капитана Нортона идут все остальные капитаны и сам господин адмирал. Если что и угрожает, то больше всего адмиралу.

—Адмирала Дрейка никто не тронет,— торжественно объявил Кривой Джо, облекая свой отказ в самую почтительную форму.

—Если из всех капитанов не пойдет один Нортон, он-то и окажется под подозрением,—победоносно провозгласил Барнаби, считая, что уж этот-то аргумент бесспорен.

—А может, он погиб в сражении?... Или тяжело ранен?—торопливо добавил Кривой Джо, вспомнив, что опасно называть живого человека мертвым.—Если вы прикажете, мы готовы дать бой! Под началом адмирала Дрейка мы побеждали и с худшими шансами!—Эту смелую фразу поддержали одобрительные возгласы обеих команд.

Леди Анна внезапно поняла, что в этой сцене кажется ей неестественным—молчание Дика. Дрейк явно тоже это заметил.

—Капитан Нортон!—рявкнул он.

Ответа не последовало. Дрейк повернул голову и увидел, что Дика рядом нет. В команде "Элизабет" началось замешательство. Дик и в самом деле исчез с палубы.

—Глядите!—крикнул вдруг Стивен Роджерс, который, как канонир, обладал особенно острым зрением.

Все бросились к борту. Пока шел спор, Дик успел незаметно спуститься по трапу в шлюпку и сейчас отдавал распоряжение гребцам.

—Дик! Ты что, рехнулся! Поднимайся назад!— закричали с палубы.

Дик выпрямился и, казалось, впервые за всю сцену, обратил внимание на бунтовщиков.

—Советую вам разойтись, а то я и правда сейчас вернусь,—мрачно ответил он.

Матросам "Элизабет" оставалось только признать поражение и они начали медленно расходиться. Они были разочарованы, что Дик не принял их помощи, но не могли не признать, что он дал им самую легкую возможность отступить.

После этого эпизода настроение в шлюпке было приподнятым. Зловещая формула "команда недовольна" стояла для каждого капитана в одном ряду с пробоиной или пожаром в открытом море. Мастерство, с которым Дик разрешил безвыходное положение, вызвала почтительное восхищение профессионалов.

—Молодец, Нортон! — воскликнул капитан Стивенс.—Легко, просто и окончательно!

—Как удар рапиры в сердце,—полушутливо ответил Дик.

—Я вижу, сегодня ты еще скромнее, чем обычно,— проворчал Дрейк.—Как раз то, что нужно для военного суда.

Разговоры в шлюпке прекратились и все мрачно посмотрели на приближающийся флагман.

Встреча с адмиралом и впрямь походила на военный суд. Адмирал обставил ее тем более строго, что не собирался серьезно вредить доходному для королевы пиратскому промыслу. Однако, он получил от встречного испанского корабля весьма неблагоприятные донесения. Леденящие душу подробности нападения на Пуэрто-Рико превращали рапорт сержанта Сандеса в бесстрастную хронику.

Адмирал счел излишним оглашать отчет о событиях, представленный испанской стороной, однако копия этого документа сохранилась в архивах адмиралтейства.

"В 4 часа 30 минут утра 13 сентября сего 1559 года пять кораблей под английским флагом вошли в гавань Сан-Хуан острова Пуэрто-Рико и подали сигнал бедствия. Его превосходительство губернатор дон Мигель де Наварра, выполняя христианский долг

милосердия, послал к ним на помощь барки с продовольствием, пресной водой и семью монахами-врачевателями. Поскольку вышеуказанные корабли шли под флагами дружественной державы, барки были не вооружены, а пушки форта не приведены в боевую готовность. Когда барки подошли на близкое расстояние, вышеуказанные корабли открыли неожиданный, ничем не спровоцированный огонь из пушек. Все барки затонули. Большая часть их экипажа погибла, но несколько человек доплыли до берега и готовы дать свидетельские показания. Список погибших прилагается.

Помимо барок выстрелами нападавших был потоплен также один из их собственных кораблей под именем "Элизабет", по-видимому, из-за неумения пиратских канониров обращаться с пушками. По приказу Его превосходительства губернатора дона Мигеля де Наварра из форта был подан сигнал, приглашающий капитанов вышеуказанных кораблей прибыть для объяснений и переговоров. В ответ по форту был открыт огонь, которым был взорван пороховой склад. При взрыве форт понес большие убытки. Список убытков прилагается.

Пока испанские солдаты занимались гуманной помощью пострадавшим при взрыве, пираты высадились на берег и начали грабить город. Они похитили сокровища собора, в том числе пожертвования Его превосходительства губернатора, а именно драгоценный орден святого Хуана Альхамбра. Вслед за этим безбожники заперли в соборе 163 монахини и взорвали его. Пираты захватили в плен 48 невинных младенцев и, угрожая им мучительной смертью, заставили родителей заплатить выкуп в 100 тысяч золотых дукатов. Глава пиратов похитил из дворца губернатора двух знатных англичанок с их слугами. Перечень разграбленного имущества, а также список вышеуказанных монахинь и младенцев прилагается. Обращаем особое внимание, что наряду с личными ценностями жителей Сан-Хуана, была похищена также собственность Испанской короны, в том числе 150 тысяч золотых дукатов из казны форта, и провиант, соответствующий двенадцатинедельной потребности пяти кораблей.

Кучка грабителей незаконно проникла на крышу дворца Его превосходительства губернатора дона Мигеля де Наварра и подняла на флагштоке английский флаг, пытаясь создать впечатление, что преступное нападение санкционировано английскими властями. Однако, помня о мире между Испанией и Англией губернатор воздержался от прицельного огня по нападавшим, хотя форт обладал достаточной огневой мощью, чтобы уничтожить нападавших и их корабли.

Английский консул сэр Томас Болдуин опознал вышеуказанные корабли как принадлежащие к пиратской эскадре некоего Френсиса Дрейка. Желая убедить своих соотечественников прекратить пиратские действия, господин консул вышел на берег для переговоров в сопровождении двух англичан с белым флагом. Все трое были убиты прицельным огнем, очевидно, не случайным. Это чудовищное злодеяние превысило меру терпения Его превосходительства губернатора дона Мигеля де Наварра. С целью защиты *вверенного ему испанского владения он был вынужден приказать коменданту форта дать предупредительный пушечный залп. После этого нападавшие вернулись на вышеуказанные кораблии и отступили из гавани.*

Нет сомнения, что священный и вечный мир между Англией и Испанией, равно как и честь и достоинство английской королевы Елизаветы I, требуют, чтобы убытки, нанесенные испанскому владению Сан-Хуан на острове Пуэрто-Рико были возмещены английской короной, и чтобы капитаны, офицеры и матросы вышеуказанных кораблей были переданы испанским властям для справедливого и беспристрастного суда."

—Прежде чем приступить к исполнению моих прямых обязанностей, я согласен выслушать ваши объяснения,—произнес адмирал.

Под прямыми обязанностями очевидно понималась нок-рея, но никто из присутствующих не пытался это уточнить.

Наступил черед леди Анны.

—Сэр Ховард,—начала она.—Я хотела бы сама дать объяснения. Если позволите,—добавила она после секундной паузы, которую даже матросы сочли зловещей.

Если несколько дней назад она так восхищалась искусством Дрейка в разговоре с губернатором Сан-Хуана, то теперь Дрейк мог в той же мере насладиться дипломатическим искусством леди Анны. Это было искусство пауз и недомолвок, заставлявших собеседника делать вынужденные ходы.

—Сочту за честь, миледи,—адмирал несколько растерялся.

—Сегодня очень ветрено, вы не находите?

—Не согласитесь ли вы оказать честь кают-компании, миледи?

Таким образом леди Анна оказалась с адмиралом наедине, ни разу не попросив его об этом. Дженни в счет не шла.

—Надеюсь, вы понимаете, сэр Ховард, что жалобы испанцев—абсурдная ложь?

—Разумеется, леди Гринфилд. Однако, нападение на Сан-Хуан все же имело место.

—Адмирал, поверите ли вы моему слову?

—В вашем слове, миледи, может усомниться только слепой или закоренелый мерзавец.

—В таком случае, даю вам слово, что ваш долг—оставить этот эпизод без последствий.

—Даже не получив объяснений?

—Поверьте, что объяснения вам только повредят. Есть вещи, о которых лучше не знать.

—Восхищен вашей мудростью, верю вашему благородству и повинуюсь вашему слову, миледи. Этот, как вы выразились, эпизод, останется без последствий. Я ограничусь только пустой формальностью.

—Разрешите узнать какой?—после недавних приключений комплименты не ослабляли, а только усиливали бдительность леди Анны.

—О, решительно ничего, миледи. Я даже оставлю Дрейку все его корабли. Я только повешу нескольких зачинщиков.—Эта умеренность не была большой жертвой со стороны адмирала, который с самого начала собирался поступить именно так.

Леди Анна похолодела, но ее голос не дрогнул. Она знала, что сохранять спокойствие—ее единственный шанс.

—Превосходно, адмирал. Рассказывая королеве о своем путешествии, я обязательно упомяну вашу тактичность и доброту.

Адмирал почувствовал себя неуютно. Хотя леди Анна не сказала прямо, что исполняет здесь поручение королевы, она довольно ясно дала это понять.

—Могу я чем-нибудь еще вам служить, миледи?

—Мне необходимо срочно вернуться в Англию.

—Нет ничего проще, миледи. "Ройял Генри" завтра отправляется с донесением к королеве. Он быстроходен и капитан Бернс сочтет за честь принять вас на борту.

—Благодарю вас, адмирал. Кстати,...—леди Анна сделала паузу и адмирал понял, что разговор вступил в решающую фазу.—Мне только что пришло в голову, что зачинщиков вешать необязательно. Королеву очень интересуют дела Нового Света, и она еще больше оценит вашу преданность, если вы пошлете зачинщиков на ее суд.

—С благодарностью принимаю ваш совет, миледи,—этот шаг был обратим, и тем самым, наименее опасен.

Вернувшись на палубу, адмирал объявил свое решение.

—Капитан Дрейк, вы и ваши люди совершили незаконное, кровопролитное и неспровоцированное нападение на колонию дружественной Испании. Наказание за это—смертная казнь.

"Кажется, пронесло",—подумал опытный Дрейк вопреки логике.

—Преступление совершено в испанских владениях вне юрисдикции английского суда. Кроме того, обвиняемые не состоят на службе Ее Величества. Поэтому, в силу соглашения о взаимной выдаче преступников, они должны быть переданы испанским властям для справедливого и беспристрастного суда.

После этой очевидной нелепости облегченно вздохнули все капитаны. Соглашение или нет, испанцы оставались врагами и папистами и англичанин не мог бы выдать им другого англичанина.

Однако,—продолжал адмирал,—мы не получили законных доказательств, что нападение на Сан-Хуан имело место. Установлено, что пороховой склад по неизвестной причине взорвался, что является внутренним делом Испании. Установлено также, что губернатор, дон Мигель де Наварра, передал капитану Дрейку значительные ценности в частичное погашение долга английской казне. Эти ценности будут отправлены в Лондон на "Ройял Генри". Дело о нападении на Сан-Хуан будет передано на рассмотрение Ее Величества вместе с предполагаемыми зачинщиками. Капитан Дрейк, назовите предполагаемых зачинщиков.

Наступила мертвая тишина. Кроме, может быть, леди Анны, никто не сомневался, что предполагаемые зачинщики будут повешены. Речь шла именно о козлах отпущения, как метко выразился Кривой Джо. Солидарность со своими людьми требовала от Дрейка поторговаться, или, хотя бы, потянуть время.

—Адмирал,—медленно произнес он тоном полной безысходности.—Назвать зачинщика в моем положении означает признать, что кто-то кроме меня командует эскадрой. Единственный, кто мог бы быть зачинщиком—это ваш покорный слуга.

—Речь идет не об эскадре, капитан Дрейк. Речь идет о взрыве порохового склада на суше. Кто из ваших людей находился в это время в Сан-Хуане?

—Чтобы ответить, адмирал, мне нужно посмотреть судовой журнал.

—Надеюсь, он уцелел при взрыве?

—Я немедленно начну самые тщательные поиски, адмирал.

Было ясно, что Дрейк не может больше тянуть время. Адмирал начинал терять терпение.

—Я слышал о вашей памяти самые лестные отзывы,—в тоне адмирала появились оттенки угрозы.—Не сомневаюсь, что при некотором усилии вы обойдетесь без судового журнала.

—С вашего позволения, адмирал,—начал Дик. Все повернулись в его сторону.

—Кто это?—спросил сэр Ховард.

—Ричард Нортон, капитан "Элизабет", — с сожалением ответил Дрейк.

—Что ему нужно?

—С вашего позволения, адмирал,—повторил Дик.— Во время взрыва порохового склада в Сан-Хуане находился я.

—Что вы можете сообщить о взрыве?

—Сэр, вынужден признаться, что я—невольный виновник взрыва.

—Продолжайте.

—Случайно оказавшись в доме губернатора, я поднял на флагштоке английский флаг. Это вызвало в гарнизоне замешательство и панику. Они открыли огонь по моему кораблю и утопили его. По-видимому, одно из неосторожно пущенных ядер взорвало пороховой склад. Попасть в склад с моря практически невозможно, тем более, что он находится в стороне от форта. Тем самым, очевидно, что неосторожный выстрел был сделан с испанской стороны, хотя я не видел этого собственными глазами.

—У меня к вам несколько вопросов, капитан Нортон.

Дик изобразил на лице самоотверженную готовность свидетельствовать против себя.

—Кто это может подтвердить?

—Поднятый флаг видело все население острова, адмирал. Мой корабль затонул на небольшой глубине и при спокойном море его легко будет найти.

—Зачем вы подняли флаг?

—Я поднял флаг в честь пятидесятилетия со дня восшествия на престол Его Величества короля Генриха VIII, отца Ее Величества королевы Елизаветы.

—Ровно пятьдесят лет?

—Да, адмирал.

—Если вы спутали даты, я повешу вас сам.

—Всегда к вашим услугам, адмирал.

—Что ваш корабль делал в гавани?

—Ждал меня, адмирал.

—За каким дьяволом вы вообще явились в Сан-Хуан?

—Буря отнесла нас от эскадры капитана Дрейка, адмирал, и я воспользовался случаем навестить дом сэра Томаса Болдуина, где я воспитывался несколько месяцев.

—И вы утверждаете, что были приняты в этом доме?

—Меня даже не хотели отпускать, адмирал. Это мог бы подтвердить сэр Томас Болдуин, но, к моему величайшему сожалению, во время всеобщего смятения он был убит случайно брошенным ножом. Его смерть может засвидетельствовать патер Франциско, который его исповедовал, а также губернатор Сан-Хуана, дон Мигель де Наварра.

Леди Анна подумала, что в наступившей тишине не хватает только грома аплодисментов этой великолепно сыгранной пьесе. Она была достойна оксфордской, или даже французской сцены. Сам адмирал был вынужден сделать паузу, впрочем недолгую.

—Капитан Ричард Нортон, вы арестованы по подозрению в провоцировании беспорядков в порту Сан-Хуан. Вы поступаете под надзор мистера Бернса, капитана "Ройял Генри", и будете переданы суду Ее Величества в Лондоне. Капитан Дрейк, вы и ваши люди остаетесь под подозрением до решения суда. Приглашаю вас пообедать со мной, после чего вы свободны.

Чтобы не вызвать всеобщего недовольства, Дика увели, не заковав в кандалы. Ему даже позволили попрощаться с товарищами по эскадре. Восхищенные возгласы сыпались на него со всех сторон:

—Здорово ты приплел Генриха VIII!

—Ты, небось, даже помнишь, когда было пятидесятилетие коронации короля Альфреда!

—Спасибо, Дик, выручил!

—Еще увидимся, Дик,—тихо добавил Дрейк и крепко сжал руку Дика.

Леди Анна наблюдала сцену прощания со смешанными чувствами. Уговаривая адмирала пощадить зачинщиков, она не знала, что спасает Дика. Она подумала, что если бы она это знала, у нее могло не хватить хладнокровия. И она побоялась подумать, что в глубине души рада снова очутиться с Диком на одном корабле.

Глава 21

Колумб впервые пересек Атлантический океан от Палоса до Сан-Сальвадора за 68 дней. 67 лет спустя, в расцвет, как ему казалось, мореходного искусства, капитан Бернс рассчитывал добраться до Плимута за пять недель при благоприятной погоде. По мало понятной для него самого причине, он был бы не против штиля, который растянул бы это путешествие еще на неделю.

Оба его пассажира также не испытывали нетерпения. Леди Анна находилась в обычной растерянности человека, несбыточные мечты которого неожиданно сбываются—она не знала, что делать теперь, когда Дик, словно по волшебству, поехал с ней в Англию. Дик прибыл на корабль в кандалах, о чем была сделана надлежащая запись в судовом журнале. Сразу же вслед за тем, не без влияния со стороны леди Анны, кандалы были сняты. Дику разрешили свободное передвижение по кораблю и даже предоставили отдельную каюту. Разумеется, он поручился честью, что не будет ни пытаться бежать, ни подстрекать людей к неповиновению. Впрочем, на "Ройял Генри", также как до этого на "Золотой Лани" и еще раньше на "Элизабет", у него были другие интересы.

Эти интересы разделяли также все офицеры вплоть до старшего канонира Джона Флеминга, обедневшего дворянина, который, достигнув преклонного возраста в тридцать пять лет сохранял за собой славу лучшего фехтовальщика английского флота. На третий день путешествия капитан дал торжественный ужин в честь своей знатной гостьи. В обществе английских офицеров леди Анна испытывала странное чувство путника, возвратившегося домой—смесь радости и сожаления, что приключения закончились.

—Наш ужин достоин торжественного юбилея, джентльмены,—начала разговор леди Анна. Эта фраза была брошена в общую беседу, как бросают мяч в круг игроков.

—Капитан Нортон без труда найдет подходящую дату,—добродушно заметил капитан Бернс. Офицеры эскадры с удовольствием вспоминали изящный прием, которым Дик сразил их непогрешимого адмирала.

—В самом деле, Нортон, какая сегодня знаменательная дата?—спросил лейтенант Милтон.

—Первый четверг этой недели,—не задумываясь ответил Дик.

—Более того, сегодня три дня с тех пор, как первая красавица Англии ступила на эту палубу,—воскликнул Флеминг.

Предложения посыпались со всех сторон.

—Два месяца и неделя с того дня, когда мы вышли из Плимута, чтобы встретиться с первой красавицей Англии!

Первой красавицей Англии по должности была королева, и капитан поспешил исправить неловкость.

—Сегодня почти год со дня коронования Ее Величества.

—Пять лет с того дня, как ворота Тауэра открылись перед Ее Величеством,—заметил штурман Роберт Дорсетт, в силу возраста не вполне подверженный юношеской восторженности.

—Перед юной принцессой Елизаветой и ее прекрасной фрейлиной!—воскликнул лейтенант

Сидней, самый молодой из присутствующих. История леди Анны была, разумеется, известна всем, кто еще мечтал о невестах и богатых, и прекрасных.

Эта нехитрая шутка странным образом встревожила Дика. Он еще не успел осознать причины такой тревоги, как его отвлекло развитие разговора.

—Раз уж мы углубились в давнюю историю,—непочтительно произнес Милтон,—то сегодня исполнилось почти ровно шестьдесят семь лет с тех пор, как Колумб открыл те острова, где мы встретили первую красавицу Англии!

—Четыреста девяносто три года,—сказал Флеминг после некоторых вычислений,—с тех пор, как благородные предки первой красавицы Англии ступили на нашу землю вместе с Вильгельмом Завоевателем.

Капитан Бернс снова попытался вернуть разговор в менее опасное русло.

—Мне кажется, я не преувеличу, если скажу, что в этом году исполняется ровно тысяча пятьсот пятьдесят девять лет со дня рождения господа нашего Иисуса Христа.

—Браво, капитан Бернс!—воскликнул помощник капитана Томас Уолси.—Мне кажется, сам капитан Нортон не предложит более древней даты.

—Сегодня, — с комической торжественностью произнес Дик,—мы могли бы праздновать 7067 лет со дня сотворения мира, если бы не праздновали встречу с первой красавицей Англии!

—Джентльмены, я предлагаю тост за первую красавицу Англии!—провозгласил капитан Бернс, сметенный всеобщим энтузиазмом.

—Неужели все это произошло сегодня?—спросила леди Анна.—Какой странный день!

—Достойный день...—начал Уолси и общий хор продолжил:—Для встречи с первой красавицей Англии!

—Что же касается точных дат, миледи,—добавил капитан,—то, надеюсь, вы простите нам полгода в ту или другую сторону.

—Но при таком условии вы можете праздновать что угодно когда угодно!

—Согласитесь, миледи, что это чрезвычайно расширяет наши возможности.

Наступила веселая пауза. Присутствующие явно собирались с силами для второго раунда. Леди Анна поспешила перевести разговор на более отвлеченную тему.

—Скажите, джентльмены, что нового в Англии? Я не была там целую вечность.

—Как долго длилась эта вечность, миледи?— переспросил Дорсетт.

—Как давно солнце вашего присутствия закатилось над Англией?—пояснил вопрос Сидней.

—Если не ошибаюсь, вы спрашиваете, когда я покинула Англию? Это произошло 21 июня, сразу после вторых склянок, чтобы быть точной.

Столь глубокая осведомленность в морском деле заставила опытных моряков онеметь от восторга. Капитан Бернс приосанился, чувствуя, что наступил его черед. Ему, как серьезному человеку, подобало рассказать о серьезных вещах.

—Что касается новостей, миледи, то главная новость печальна. Скончался король Франции.

—Генрих II? Возможно ли? Когда я уезжала, он был в добром здравии.

—Он был смертельно ранен на рыцарском турнире. Роковым образом это произошло на седьмой день после вашего отъезда, миледи. Проболев почти две недели, он скончался десятого июля.

—По красоте и поучительности этот турнир войдет в историю искусств, миледи,—рассказывать о турнире было прерогативой Флеминга.

—Я слышала, что Генрих II превосходил в этом искусстве всех рыцарей своего двора.

—Королю это нетрудно, миледи,—с опасной иронией ответил Флеминг.

—Значит ли это, что он впервые получил вызов честного противника?

—Рука судьбы видна в том, что король сам вызвал его на поединок. Это происходило на турнире в честь помолвки принцессы Елизаветы Французской с Филиппом II Испанским.

—Получив отказ Ее Величества Елизаветы Английской он решил искать союза с Ее Высочеством Елизаветой Французской.

—Или с французской армией,—добавил Милтон.

—Джентльмены, возвышенной душе нашей гостьи вряд ли интересны низкие интриги католиков,— заметил лейтенант Сидней.

—Расскажите лучше о турнире, Флеминг.

Флеминг с достоинством выдержал паузу.

Ровесник Флеминга Пьер де Ронсар, придворный поэт Генриха II и свидетель этого турнира рассказал бы о мимолетных взглядах, сокрушительных ударах и доблести, сраженной безнадежной любовью, затуманив рассказ мифологическими аллегориями. Вильям Шекспир, лет сорок спустя, рассказал бы о ревности, жажде власти и напускной скромности печально известной королевы Екатерины Медичи, о детски-чистой обреченной на гибель любви шестнадцатилетнего дофина Франциска и его злополучной супруги Марии Стюарт, и о горьком отчаянии принцессы Елизаветы Французской, обреченной на расставание с родиной, друзьями детства и тайной любовью. Сэр Вальтер Скотт, много позже, заставил бы нас услышать звуки фанфар и голоса герольдов, увидеть развевающиеся на ветру знамена знатных французских фамилий и почувствовать стоящие за турнирными поединками столкновения могущественных партий Монморанси и Гизов, подрывавшие мощь французского престола. Александр Дюма описал этот турнир в одном из своих романов, как сплетение придворных интриг, роковых случайностей и зловещих предзнаменований. Джон Флеминг в своем рассказе с лаконическим драматизмом профессионала сосредоточился на подлинной сути событий.

—Турнир длился три дня,—начал он.—Красота последнего дня, когда случилось это несчастье, заключалась в том, что все участники были равны по силе. Все рыцари имели примерно равное число побед и поражений и некого было назвать победителем. В самом конце турнира, когда королева уже встала, подавая сигнал разойтись, король вызвал на поединок графа де Монтгомери. Соперники съезжались четыре раза и каждая стычка в своем роде поучительна. Впрочем, боюсь, во мне заговорил учитель фехтования. Я бы не хотел вам наскучить. В третьей стычке оба противника сломали копья. Король, по правилам рыцарского турнира, сразу же отбросил обломок копья и выхватил меч. В то время как его противник по непонятной причине продолжал держать обломок своего копья наперевес и, когда они снова съехались, сбил с короля шлем и смертельно ранил короля в голову.

История захватила присутствующих. Каждый, включая капитана, казалось, сжимал в руках невидимое копье.

—А разве это по правилам?—воскликнул Сидней с горящими глазами.

—Строго говоря, не совсем,—внушительно ответил Флеминг.

—Однако, в данном случае нарушитель правил действовал себе в ущерб. Ведь меч гораздо опаснее обломка копья. Попасть копьем в шлем противника может только настоящий мастер. Попасть в шлем обломком копья можно только чудом. В этой стычке король имел преимущество, но граф де Монтгомери оказался искуснее.

—Такое утверждение вряд ли будет записано в официальной хронике,—вскользь заметил Милтон.

—Несчастный граф де Монтгомери!—воскликнула леди Анна.—Ведь этот удар, по словам знатока, скорее всего был случаен.

—Я бы назвал графа счастливым,—ответил гордый вниманием знаток.—Его признали невиновным.

—Монтгомери—одна из пяти знатнейших фамилий Франции,—добавил Милтон, возвращая разговор к низким интригам католиков.

—Молодой король Франциск нуждается в поддержке своих подданных.

—С воцарением Франциска отношения Англии и Франции, если это возможно, только ухудшились,—сказал капитан Бернс.—Молодая королева Мария Стюарт называет себя не только королевой французской и шотландской, но, поверите ли, и английской!

Это сообщение было встречено громкими возгласами насмешливого негодования. Еще несколько лет назад сюда мог бы примешиваться и испуг, но в либеральные времена Елизаветы такие разговоры больше не являлись государственной изменой.

—Ваш дядя, лорд Сесиль, миледи, как секретарь Ее Величества отбыл во Францию, чтобы выразить новому королю дружественные чувства нашей королевы,—продолжал капитан Бернс.

—А после смерти короля Генриха Елизавета Французская и Филипп Испанский—все еще жених и невеста?—спросила леди Анна.

—К сожалению да, миледи. Если бы наша королева не отклонила сватовство Филиппа, Англия была бы в безопасности. Но, признаться, я об этом не жалею.

—Католик, испанец, и негодяй! Во дворце Уайтхолл!—воскликнул Сидней.—Любой англичанин предпочтет такому королю простую, честную войну! Кроме того, английские рыцари более достойны... нет, простите, миледи, менее недостойны английских красавиц, чем голландцы, французы, или, боже сохрани, испанцы.

—Обе палаты парламента умоляют Ее Величество выйти замуж и дать стране законного наследника, дабы избавить английский престол от нелепых притязаний,—сказал капитан.

—Однако, парламент сдержанно отнесся к вниманию Ее Величества к Роберту Дадли, младшему сыну Нортумберленда, — вставил все время молчавший штурман Дорсетт.

—Королева мудро рассудила, что любой англичанин навсегда привяжет ее к одной из английских партий,—заметил помощник капитана.

—А любой иностранец—к одной из европейских стран,—добавил Милтон.

—Ее Величество мудро рассудила, что как невеста она лучше защитит государственные интересы, связывая каждую страну неопределенными надеждами,—заключил капитан Бернс.

—И эти надежды навсегда останутся неопределенными!—восхищенно воскликнул Сидней.

—О планах Ее Величества может судить только Ее Величество,—впервые вступил в разговор Дик.—Но почему-то мне вспомнились слова царя Соломона: "Три вещи непостижимы для меня и четырех я не понимаю: пути орла на небе, пути змея на скале, пути корабля среди моря, и пути мужчины к сердцу девушки".

Леди Анне показалось, что письмо за ее корсажем шевельнулось. "А вдруг королева остается верна первой любви,—подумала она.—Ведь сердце девушки может быть завоевано только один раз. Так, во всяком случае, считала моя матушка".

—Но со времен царя Соломона мы по крайней мере научились понимать путь корабля в море,—с достоинством заметил штурман.

—Хотелось бы мне так же хорошо научиться понимать путь к сердцу девушки,—завершил его мысль Сидней. Одобрительные возгласы сменились тишиной, когда он продолжил:—Возможно ли это, миледи?

—Нет ничего проще, лейтенант,—ответила леди Анна.—Вам нужно всего три ключа: искренность, благородство и сдержанность.

—Избранником такой девушки может легко оказаться глубокий старик,—заметил Милтон.—Например, мой дедушка.

—В таком случае, чтобы не подвергать вашего почтенного дедушку подобным опасностям, добавьте еще внутренний огонь.

—В слове "сдержанность" слышится упрек, миледи,—попытался вернуться к прежнему тону Дик.—Согласитесь, что сегодня нас можно упрекнуть только в излишней сдержанности. Впрочем, в английском языке пока еще нет средств, чтобы искренне, благородно и с внутренним огнем воздать должное…

—Первой красавице Англии!—воскликнула леди Анна.—Вы правы. Благодаря бессилию английского языка и природной сдержанности офицеров королевского флота сегодняшние комплименты преувеличены всего лишь в десять тысяч раз.

Эта фраза вызвала фейерверк протестов, прекратить которые мог только всемогущий звон восьми склянок—сигнал к смене вахты. Капитан Бернс, как полагается, провозгласил тост за здоровье королевы и все разошлись.

На следующее утро леди Анна рано вышла на палубу. Разговор за ужином еще звенел у нее в ушах. "Слава богу, некому объявить, что солнце поднялось в честь первой красавицы Англии",—подумала она. В тот же момент за ее плечом раздался голос Дика:

—"…Безоблачный воздух Легкой лазурью разлит и сладчайшим сияньем проникнут".

Услышав в этих словах извечное начало разговора с дамой: "Хорошая погода, не правда ли?", леди Анна ответила вместо "О, да!"

—"Сладкому отдыху мирно предавшися, будешь Сонный, в спокойном безветрии плыть, и достигнешь Отчей земли."

—"Кроткая сердцем, имеет она и возвышенный разум, Так что нередко и трудные споры мужей разрешает...,—продолжил Дик, явно вспоминая вчерашний ужин. И тут же добавил:

—Был нам по бурным волнам провожатым надежным попутный Ветер, пловцам благовеющий друг, парусов надуватель, Послан приветноречивою темнокудрявой богиней.

—Если не ошибаюсь, капитан,—заметила леди Анна,—Богиня у Гомера была светлокудрявая.

—Гомер не имел счастья быть знакомым с вами, миледи,—с легкостью ответил Дик.

Леди Анна внезапно поняла, что она бы предпочла более дружелюбное и менее куртуазное общение. Она переменила тон разговора:

—О, капитан, вижу я, что ни дивные строки Гомера, Ни государственных тайн наводящие страх лабиринты, Ни смертоносные залпы, как молнии грома метателя Зевса, Гибель несущие, и ни безоблачный воздух, который Легкой лазурью разлит и сладчайшим сияньем проникнут, Все они вместе не могут совлечь вас с пути комплиментов.

—О, светлоокая дева...,—начал было Дик и вдруг оборвал себя. После короткой паузы он продолжил в прозе:—А что плохого в комплиментах, миледи? Ведь комплименты—это способ выразить глубокие чувства без неуместной серьезности.

—Я что-то не слышала, чтобы вы делали комплименты мистеру Кривому Джо или даже адмиралу Дрейку. Я теряюсь в догадках, капитан откуда вообще взялась эта странная мода на безнадежное преклонение перед женщиной. Я помню барельеф в Вестмистерском соборе—викинги на пути в Исландию. Мужчины и женщины там ничем не отличаются. То есть...—она покраснела,—...они разные, но равные. Они друзья. И хотя тех женщин привлекательными не назовешь, такое равенство прекрасно, не правда ли? Как же случилось, что дружбу сменило преклонение? Раньше такое отношение к женщине встречалось разве что у персидских варваров. Видимо, они хотели загладить вину за то, что торгуют женщинами...—она снова покраснела.—Согласитесь, что нелепо забрасывать возлюбленную на недоступный пьедестал, или превращать ее в домашнюю рабыню согласно советам достойного рыцаря башни Ландри. Недаром его книга расходится сотнями копий. Однако, самое нелепое, на мой взгляд, делать и то и другое, как это сейчас принято.

—Вы совершенно правы, миледи... Нет, нет! Я не возвращаюсь к комплиментам. Ведь есть и другая сторона. Викингам в некотором смысле можно позавидовать. Трудности в их жизни были простыми и реальными—как согреться, как прокормиться, как избавиться от врага. А что мучает нас? Как добраться на другой конец света? Читать ли молитвы по-английски или по-латыни? Одалживать ли деньги у евреев или у генуэзцев? Наша жизнь усложнилась до бессмыслия. Я могу достичь благородной простоты норвежцев разве что в рукопашном бою. Даже фехтование—это уже театр, а схватка кораблей—тем более. К тому же люди набились в города, как рыбы в сети. В этом безумии женщине выпала роль хранить чистоту человеческого духа. Недоступность—это всего лишь обратная сторона такой роли. Так не судите же слишком строго мужчин: признанием вашей недоступности они выражают бережность не просто к женщине, а в ее лице к чистоте человеческого духа.

—Итак, не только королева вашей страны должна жить ради своего народа, но и королева вашего сердца должна жить ради вас? Выше вас, на пьедестале, или ниже, среди слуг, но только не рядом, как друг! А у вашей чистоты человеческого духа незаметно вырос большой павлиний хвост из бессмысленных церемоний, любезностей, серенад и словесных поединков!

—Почему же бессмысленных? Вспомните готические храмы. Это фантастическое кружево скульптур, стрел, арок и колонн. Все преувеличено до абсурда. Ни одной их детали нет логического оправдания. А мы чувствуем гармонию, полет и возвышенную радость. Каменная громада кажется невесомой. Женщина—это такой же храм в нашем сознании. Без него людям не сохранить разум.

—И все же я бы предпочла менее пассивную роль, пусть даже она будет менее возвышенной.

—От вас ли я это слышу, миледи! По вашей воле движутся флотилии, гибнут корабли, взрываются крепости, покоряются острова, приводятся на грань войны державы, адмиралы изменяют своему долгу, а простые капитаны превращаются в пажей. Боюсь даже представить себе вас в более активной роли!

Леди Анна почувствовала себя обезоруженной. Пока она подыскивала подходящий ответ, ее внимание привлек громкий голос матроса на палубе.

—Слуга знатной леди и боцман собираются драться после второй вахты, сэр!—леди Анна повернула голову и увидела матроса, стоявшего навытяжку перед лейтенантом Милтоном. Леди Анна в растерянности повернулась к Дику.

—Не угодно ли узнать, в чем дело, миледи?—предложил Дик.

—Лейтенант!—окликнула леди Анна.

Лейтенант почтительно приблизился.

—Доброе утро, миледи.

—Я случайно услышала ваш разговор. Нельзя ли расспросить матроса в моем присутствии?

—Докладывай!—приказал лейтенант, подозвав матроса знаком.

—С вашего позволения, сэр,—смущенно начал матрос.—Они поссорились из-за мисс Дженни.

—Продолжай.

—Боцман...—матрос сделал паузу, подыскивая слова поприличнее,—так сказать, приударил за ней, сэр, но без ничего такого, сэр, а этот парень Питер стал задираться, сэр...—матрос хотел добавить свое личное мнение об это ссоре, но в присутствии леди Анны не решился.

—Благодарю вас,—сказала леди Анна с плохо скрытым беспокойством. История была правдоподобна и неприятна.

Дик и лейтенант Милтон поспешили ее утешить:

—Все обойдется, миледи,—сказал Дик.

—Не угодно ли вам заслушать другую сторону, миледи?—предложил Милтон.

—Да, пожалуй, позовите Питера.

Вид у Питера был угрюмый.

—К вашим услугам, миледи,—произнес он как обычно.

—Я слышала, у тебя дуэль с боцманом, Пит?

—Во всяком случае, я собираюсь основательно его проучить.

—За что?

—Он пристает к Дженни, миледи. Она, конечно, кокетка, но надо за нее заступиться. Я всегда ей говорил, что кокетство до добра не доводит.

—Что в точности произошло, Пит?

—С вашего разрешения, миледи, вчера вечером я вышел на палубу и увидел, как Дженни вырывается из объятий этого мерзавца. Завидев меня, он ее отпустил.

—А что сказала Дженни?

—Я ничего не сказала, потому что они оба дураки, миледи,—вмешалась в разговор незаметно появившаяся Дженни.

—Трудно поверить, что ты совсем ничего не сказала,—улыбнулась леди Анна.

—Я не сказала ничего такого, миледи. Но не могу же я молчать, когда нужно вразумить мужчин. Уж мы-то, женщины, знаем, как они вечно ссорятся из-за ничего.

—Я полагаю, лейтенант, тут нечего больше выяснять,—заметила леди Анна.

—С вашего позволения, миледи, я побеседую с боцманом.

—Только не нужно его наказывать.

—Не связав себя обещанием, лейтенант Милтон откланялся. Дик деликатно отошел к противоположному борту.

—Я думаю, все уладится, Дженни,—успокоительно сказала леди Анна.

—Вы только подумайте, миледи, какие они недотепы!—Дженни скосила глаза на Питера, который внимательно разглядывал облака на горизонте.—Боцман, мистер Смит, как всякий человек в здравом уме и не слепой, меня конечно приметил, но он понимал, с кем имеет дело. Еще третьего дня он подарил мне колечко, но я приняла его только чтобы не обидеть, благо оно не дорогое. Потом он, конечно, стал приглашать меня посмотреть на звезды, как будто их нет в Англии, и на волны, как будто мы не изъездили этот океан вдоль и поперек. Он вел себя как всякий нормальный мужчина, то есть вздыхал, хвастался, врал и просил моей руки. Он даже предлагал показать мне летающих рыб, подумайте какая глупость! Рыбе—и вдруг летать...

—Погоди, Дженни! Правильно ли я поняла, что он сделал тебе предложение?

—Я же говорю, миледи, все как обычно.

—И что же ты ему ответила?—не выдержал Питер. Дженни смерила его взглядом.

—Я же не дура!—фыркнула она.—У меня были женихи и получше.

—Ты это сказала ему?

—Я дала ему понять, что я разочарована в мужчинах. Между прочим, они вообще напоминают мне стаю попугаев, которые научились говорить у одного и того же деревенского дурачка.—После театральной паузы она снова обратилась к леди Анне.—Ну так вот, миледи, вчера вечером он стал дарить мне ожерелье. А когда я отказалась,—вы же понимаете, миледи, что я не могу принять от мужчины второй подарок, если... Ну, в общем, он захотел его только на меня примерить, потому что жена сквайра у них в деревне носит такое же... А в эту секунду появился Питер и, конечно, невесть что себе вообразил. Не завидую я девушке, на которую он положит глаз!—Питер, не оборачиваясь, проворчал что-то неразборчивое. — Правда, — продолжала Дженни,—я рада, что он появился, а то мистер Смит мог бы начать забываться и мне пришлось бы самой поставить его на место...

К концу этой тирады не только леди Анна, но и Питер, поняли, что Дженни и правда оказалась невинной жертвой своего простодушия. Питер начал уже испытывать сочувствие к боцману, но в это время перед ними предстал сам боцман в сопровождении лейтенанта Милтона.

—Разрешите, я пойду в каюту, миледи, — благоразумно сказала Дженни и удалилась, потупив глаза.

—Повторите свои объяснения, Смит,—приказал лейтенант.

—Слушаю, сэр. Дело было так. Я сменился с вахты после восьми склянок. Иду я себе на бак и встречаю на шкафуте мисс Дженни. У нас завязался разговор и не успел я рассказать ей про нашу деревню в Йоркшире... надо сказать, что я терпеть не могу рассказывать девушкам про море, там даже святая правда выглядит враньем... Ну так вот, беседуем мы про Йоркшир, а тут является этот парень... то есть, мистер Мак-Уорден, сэр, и вмешивается в разговор. Я никогда не против компании и вообще человек незлобный, но мистер Мак-Уорден стал грубить мисс Дженни. Согласитесь, сэр, что сам кроткий архангел Михаил не стерпел бы чтобы в его присутствии обижали даму. Но у меня и в мыслях не было выкинуть его, к примеру, за борт, или еще какая-нибудь невежливость. Мы по-хорошему договорились встретиться и побеседовать после второй вахты. Я же не знал тогда, что у них с мисс Дженни вроде как сговорено. Раз так, мы можем подраться по-приятельски, без палок, на кулаках, а можно и просто выпить, чтобы все по-хорошему... Но это, конечно, как захочет мистер Мак-Уорден.

—Мистер Смит, насколько я понимаю, вы сделали мисс Дженни предложение,—сказала леди Анна.

—Конечно, мэм, ваша светлость. Надо же как-то завязать разговор, чтобы девушке было поприятнее.

—Вы хотите сказать, Смит, что сделали предложение, не собираясь жениться?—вмешался Милтон.

—Почему же, сэр? Я собирался действовать по обстоятельствам, так ведь и в бою полагается. Ну, а если бы она вдруг согласилась, то почему бы старому Смиту не покончить наконец с волокитством?

—Для этого есть и другие способы, Смит,—сурово заметил Милтон.

—Это вы про могилу, сэр?—спросил озадаченный Смит.—Ну, на это, как говорится, воля божия, и мудрость наших офицеров, сэр.

—Вы были неправы, Смит,—строго сказал Милтон.

—Слушаюсь, сэр.

—На мой взгляд здесь нет правых и виноватых,— заметила леди Анна.

Теперь дело было за Питером и все повернулись к нему. Питер неловко откашлялся.

—Мистер Смит,—начал он.—Полагаю, у нас нет причин для ссоры.

—Что ж, мистер Мак-Уорден,—добродушно ответил Смит.—Как говаривала моя бабушка, нет лучше способа помириться, чем опрокинуть вместе по стаканчику. Правда, до раздачи рома еще далеко, но ручаюсь, что в хорошей компании и чистая вода из моей фляги покажется ромом.

Глядя им в спины, леди Анна улыбнулась, а Милтон притворно нахмурился.

Глава 22

Cледующие 10 дней прошли без особых происшествий, если не считать блистательных завтраков, обедов и ужинов в кают-компании, отвергнутых предложений руки и сердца—леди Анне от сдержанного капитана Бернса и пылкого лейтенанта Сиднея, и Дженни от угрюмого помощника канонира—и живописных морских закатов, располагавших к романтическим беседам.

Они находились сейчас в центре Атлантического океана и рассчитывали прибыть в Лондон через две-три недели в зависимости от погоды. В настоящее время путешествие грозило затянуться. Наступил полный штиль.

—Миледи, джентльмены,—объявил капитан Бернс за завтраком.—Мы воспользуемся штилем, чтобы провести абордажные учения. Надеюсь, это скрасит вам, миледи, невольную задержку в пути.

—В вашем обществе, джентльмены, любая задержка превращается в удовольствие,—заметила леди Анна, перехватив очевидную реплику своих галантных собеседников.

—Боюсь, что абордажные учения не занимательнее богословского спора,—вмешался Флеминг.—Защитники корабля, как и истинная религия, всегда побеждают.

—Мне приходилось слышать об успешных абордажах,—сдержанно возразил Дик, встретившись взглядом с леди Анной.

—Наверное, это были стычки между кораблями,— сказал Флеминг, не заметив иронии.—Но идти на абордаж со шлюпок—все равно что в суд с шестью пенсами.

—Неужели это так же безнадежно?— поинтересовался Дик.

—Конечно, мистер Нортон,—благосклонно разъяснил капитан.—Абордажные канаты сразу обрубают, а если десяток матросов и успеет подняться, их сбросят в воду.

—Если бы матросы хотя бы иногда меняли тактику,—вздохнул Милтон.

—Матросы?—переспросил Дик.

—Конечно,—ответил Флеминг.—Разве вы не знаете, что учения устраиваются именно для них?

—Разрешите поделиться наблюдениями,—сказал Дик.—Если абордаж возглавят офицеры, тактика станет разнообразнее, а матросам прибавится уверенности.

—В самом деле!—воскликнул Сидней.—Нам есть у кого поучиться. Пусть капитан Нортон возьмет нас на абордаж!

—Я уважаю военное искусство мистера Нортона,— вмешался капитан Бернс.—И он окажет нам честь, приняв участие в наших учениях. Но командовать моряками королевского флота должен офицер королевского флота.

—Тогда разделите нас на две команды, сэр,— предложил Флеминг.

—Минутку терпения, джентльмены,—капитан Бернс погрузился в подчеркнуто глубокое раздумье. Воцарилась почтительная тишина. Через минуту капитан произнес тоном Юлия Цезаря, приказывающего перейти Рубикон:

—Мистер Милтон, вы возглавите абордажную команду.

—Есть, сэр.

—Вашими помощниками будут мистер Сидней и, если он согласится, мистер Нортон.

—Сочту за честь, сэр,—отозвался Дик.

—На время штурма роль капитана "Ройял Генри" возьмет на себя мистер Уолси.

—Разрешите спросить, почему не вы, сэр?

—Я буду следить за ходом маневров с полуюта и определю победителя. Если за маневрами захочет наблюдать...

—Первая красавица Англии!—произнесли все хором.

—...То полуют к ее услугам,—невозмутимо закончил капитан.

—Сочту за честь, сэр,—улыбнулась леди Анна.

—Офицерами "Ройял Генри" будут мистер Дорсетт и мистер Флеминг.

—Есть, сэр.

—Благодарю вас, сэр.

—В чем задача абордажной команды?—спросил Дик.

—Побросать защитников в воду!—воскликнул Сидней.

—Попробуйте сначала взобраться на борт,— проворчал Флеминг.

—В самом деле, джентльмены,—вмешался капитан.—Нападающим это ни разу не удавалось. Будет достаточно, если половина абордажной команды окажется на борту.

—Как же можно сосчитать людей во время боя, сэр? — спросил Сидней, сжимая рукоятку воображаемого кортика.

—С полуюта картина должна быть ясна,—сказал капитан.—Когда исход учений определится, я прекращу их выстрелом из мушкета

—А что будет оружием?—спросил Флеминг.

—Палка размером с кортик,—предложил Дик.—А убитым будем считать того, кто ее потерял или сломал.

—Больше подходит для трактирной драки, чем для фехтования,—проворчал Флеминг.

—Восемь склянок, джентльмены, — объявил капитан.—Поднимемся на палубу и проведем жеребьевку.

—С вашего разрешения, капитан, — снова вмешался Дик.—Не лучше ли вызвать добровольцев, так как успех абордажа во многом зависит от вдохновения.

—Согласен,—сказал капитан, пропуская леди Анну к выходу из каюты.

Никто не ожидал наплыва добровольцев в абордажную команду. Все помнили однозначные исходы предыдущих учений. Хотя присутствие офицеров и вселяло некоторые надежды на разнообразие, но находиться на палубе под командой опытного Флеминга казалось привлекательнее, чем быть сброшенными в воду под началом юного Сиднея. Однако, ореол капитана из флота Дрейка и личная слава Дика побудили примерно треть матросов вызваться для участия в абордаже. Капитан предложил провести жеребьевку, чтобы уравнять команды, но Дик убедил своего начальника Милтона, что общий дух приключений важнее численности.

На подготовку было отведено два дня. Для сохранения военных тайн палубу перегородили парусиной. Абордажная команда расположилась в носовой части судна, заняв бак и большую часть шкафута. Команде защитников отвели корму. На нейтральной полосе—шканцах—приютилась обычная жизнь корабля. Абордажная команда не покидала своего укрытия даже по ночам—офицеры спали в гамаках, матросы—прямо на палубе. Еду им приносили туда же.

Спать на палубе в штиль считалось в южных морях большой привилегией и большим нарушением дисциплины. Престиж абордажной команды сразу повысился.

Леди Анна лишилась привычного собеседника, но приобрела другого. Капитан Бернс, внимательно следивший за подготовкой обеих сторон, рассказывал ей о происходящем с отеческой терпеливостью, снисхождением опытного воина, легкой меланхолией отвергнутых чувств и сдержанно-неугасающей надеждой. В результате объяснения казались обстоятельными, но монотонными.

—Обратите внимание, миледи,—говорил капитан,—как характер командира отражается на боевой учебе. Уолси сосредоточился на выполнении главных операций. Его матросы учатся молниеносно подниматься на палубу по тревоге, не сталкиваясь на трапах, рубить канаты так, чтобы нож не застревал в дереве, нападать по двое на одного, не мешая друг другу. Флеминг тренирует их в драке на кортиках, как будто речь идет о рукопашной схватке на суше.

—А разве рукопашной схватки не будет?— спросила леди Анна.

—Вряд ли до этого дойдет, миледи. А если и дойдет, это будет бой не по правилам. Для пиратов правил не существует. Обратите внимание на подготовку абордажной команды. В отличие от защитников они отрабатывают не стратегию, а тактические приемы...— Капитан взглянул на собеседницу, пытаясь понять, не требуется ли здесь разъяснений, но леди Анна кивнула, продолжая выглядеть заинтересованной. Разговоры о войне окружали ее с детства, наряду с обсуждениями казней, политических браков, прав на наследство и религиозных убеждений.

—Я вижу, как они маневрируют на шлюпках,— заметила она.

—Да,—сказал капитан.—Обратите внимание, как они без конца повторяют один и тот же маневр—двое матросов разворачивают шлюпку за считанные секунды, а остальные кидают абордажные крючья с точностью стрелков из лука. Утром они залезали по канату на палубу со связанными ногами или привязанной к поясу рукой. Я бы не удивился, если бы увидел, что мистер Нортон учит их лазить по мачтам вниз головой. А приемы рукопашного боя, которые они отрабатывают сотни раз, чаще применяются в трактире, чем на военных учениях.

—Вы не опасаетесь, что кто-то может пострадать?—спросила леди Анна с легким беспокойством.

—Говорят, что искусство требует жертв, миледи. А военное искусство—тем более. Пара синяков и царапин на учении может спасти им жизнь в бою.

—А что это за дым на носу, капитан?—спросила леди Анна.—У них своя кухня?

—О, нет, миледи. Там разбита палатка, где скрыта военная тайна.

—И вы о ней не догадываетесь, капитан?

—Конечно не догадываюсь, миледи. Я ее знаю, как знаю все, что происходит на моем корабле. Разумеется, я доверю эту тайну вам...

—Нет, нет, капитан,—поспешно возразила леди Анна.—Это было бы неразумно. Я понимаю, как опасно быть посвященной в военные тайны.

Вечером накануне абордажных учений три шлюпки под командованием Милтона, Сиднея и Дика отчалили от "Ройял Генри" и взяли курс на восток. Темнота скрыла их много раньше, чем они достигли горизонта.

В эту ночь леди Анне казалось, что корабль переполнен напряженным ожиданием. Все шорохи и скрипы приобрели таинственное значение. И когда на рассвете раздались сигналы тревоги, леди Анна оказалась на полуюте лишь немногим позже капитана и его свиты—помощника канонира, боцмана и троих матросов. Один из матросов держал наготове мушкет, другой—сигнальную трубу.

Защитники разделилсь на три группы: по две дюжины человек с каждого борта под началом

Дорсетта и Флеминга и дюжина под началом Уолси на юте около штурвала. Их первой целью было сбросить нападающих в воду. Группа Уолси должна была разделаться с теми немногими, кто сможет прорваться на палубу.

Леди Анна с волнением следила за приближением трех шлюпок, таких маленьких и беспомощных перед громадой корабля. Первые две шлюпки приблизились к корме и защитники насчитали в каждой по пять матросов. Остальные двадцать, видимо, приходились на долю третьей шлюпки. Она держалась поодаль и матросы сидели в ней неподвижно, вероятно, ожидая команды.

Защитники внимательно наблюдали, как две шлюпки, достигнув кормы, стали с завораживающей синхронностью огибать корабль с двух сторон. Двое матросов в каждой шлюпке сидели на веслах, а остальные трое, казалось, должны были бросать абордажные крючья. Однако, вместо крючьев вверх полетели дымящиеся холщовые мешочки размером с большой кокосовый орех. Падая на палубу, мешочки окутывались клубами дыма. Команды Дорсетта и Флеминга погрузились в черное облако, скрывшее от них происходящее внизу.

—Это голландские дымовые бомбы!—закричал Флеминг.—Они погаснут через несколько минут! Сталкивайте их в воду, пока не подошла третья шлюпка!

Третья шлюпка, однако, не торопилась подходить. Вместо этого первые две шлюпки, немного не дойдя до носа, повернули обратно и вместе с новыми дымовыми бомбами вверх полетели абордажные крючья. Брезент, покрывавший дно шлюпок, откинулся и скрывавшиеся под ним матросы с крючьями наготове присоединились к нападавшим.

С каждого борта корабль теперь атаковало двенадцать человек. Защитников было вдвое больше, но рубить абордажные канаты приходилось почти вслепую из-за окутавшего палубу тяжелого дыма. Смятение усиливалось тем, что число нападавших вместе с экипажем третьей шлюпки почти вдвое превосходило число людей, отплывших в море накануне вечером.

Когда дым наконец рассеялся, взорам стоявших на юте открылась рукопашная схватка. Шесть или семь нападавших и примерно столько же защитников были сброшены в воду. Не обращая внимания на шлюпки, готовые их подобрать, они хватались за висящие с бортов веревки и снова лезли на палубу. Среди них леди Анна различила лейтенанта Сиднея. Как и предсказал капитан Бернс, трактирные приемы драки компенсировали недостаток численности. Вскоре еще дюжина защитников оказалась в воде и теперь уже нападавшие рубили абордажные канаты, чтобы помешать противнику вернуться на борт. Некоторые стычки завязались прямо в воде. Глядя на потасовку на палубе, леди Анна различила Дика и лейтенанта Милтона. Нападавшие собрались вокруг них в плотную группу, прочно утвердившуюся на палубе. В бой вступила команда Уолси, но в битве против плотной группы защитники корабля только мешали друг другу. Схватка ожесточилась и капитан, понимая, что вот-вот начнется кровопролитие, подал сигнал прекратить учение.

Уолси и Милтон построили свои команды на палубе. По приказу капитана оба начальника поднялись на полуют.

—Сорок один человек на борту и девятнадцать на шлюпках, сэр,—доложил Уолси.—Убитых и серьезно раненых нет.

—Благодарю вас, сэр. Мистер Милтон?

—Семнадцать человек на борту и тринадцать на шлюпках, сэр. Убитых и серьезно раненых нет.

—Благодарю обе команды, — провозгласил капитан.—Абордажная команда победила с небольшим перевесом. Мистер Смит,—капитан повернулся к боцману.—Выдать людям двойную порцию грога. Помимо вечернего рома,—добавил он, правильно истолковав вопросительный взгляд боцмана.—Мистер Уолси, после четырех склянок ваша команда приведет судно в порядок. Все свободны.

Леди Анна ожидала увидеть на палубе полушутливое торжество победителей. Однако там царила дружелюбная растерянность. Закончилась пусть игра, но игра в жизнь и смерть, где они были связаны не дисциплиной, а судьбой, и всем хотелось отдалить возвращение на свое место—место детали в механизме военного корабля. Защитники и нападавшие смешались, поднимавшиеся со шлюпок получали грог как только их нога ступала на палубу, и нигде нельзя было услышать насмешек в сторону побежденных. Синяки и ссадины демонстрировались с гордостью и рассматривались с уважением. Около десятка людей нуждались в перевязках и корабельный фельдшер сновал между ними, взяв в помощь двух матросов.

Оживление вызвала таинственная третья шлюпка. Под общий смех двое гребцов снимали с палок матросские куртки и фуражки, усыпившие издали бдительность защитников. Офицеры стояли неподалеку, оживленно беседуя между собой. В духе всеобщего праздника они нарушили субординацию: каждый из них держал в руке по кружке матросского грога.

Леди Анна не могла не выразить им своего восхищения. Знаком подозвав Питера и Дженни, она спустилась на палубу и подошла к группе офицеров.

—...Он обрубил канат, но в дыму не заметил, что я уже успел уцепиться за борт,—объяснял Сидней.

—Добрый день, миледи,—сказал Дик. Все повернулись к леди Анне.

—Примите мое восхищение, джентльмены,— сказала она.

—Надеюсь, вы хоть немного беспокоились о нас, миледи,—воскликнул Сидней.

—Сознаюсь, я испугалась, когда увидела дым,— улыбнулась леди Анна.—Мне показалось, что корабль горит.

—Это совсем не опасно, миледи,—с галантной заботливостью пояснил Сидней.—Это были мешочки с опилками, влажной соломой и щепоткой пороха. Они дымятся, но не горят, как... Что с вами, Флеминг?

Флеминг внимательно смотрел на Дика.

—Откуда взялся рецепт дымовых бомб?—медленно спросил он.

—Это изобретение капитана Нортона,—объяснил справедливый Милтон.

—Чему только не научишься в Карибском море,— заметил Дорсетт, тактично опустив упоминание о пиратстве.

—Должен вас разочаровать, я научился этому в Англии,—сказал Дик, почему-то избегая взгляда Флеминга.

—Когда?—напряженно спросил Флеминг.

—Когда мне было десять лет,—ответил Дик,—я, как всякий мальчишка, увлекался самодельными бомбами.

—Я сразу понял, что я вас где-то видел!— воскликнул Флеминг с горящими глазами.—В тот самый момент, как вас доставили на палубу в кандалах! Как же я был слеп! Вы ведь совсем не изменились, черт меня побери, извините, миледи.

—Вы тоже не изменились, мистер Флеминг,— сдержанно ответил Дик.

—Вы раньше встречались?—спросил за всех Милтон. Флеминг, казалось, его не слышал.

—Как же вы сюда попали?—воскликнул он.

—Это долгая история, сэр,—ответил Дик.

—Да объяснитесь же, Флеминг, черт меня побери, извините, миледи,—закричал Дорсетт.

—Господа,—торжественно произнес Флеминг.—Мы вспоминаем уроки военного искусства. Десять лет назад я имел честь давать их юному Ричарду, приемному сыну и наследнику адмирала сэра Ричарда Болдуин.

Перед глазами леди Анны вспыхнула сцена в трактире. Мальчик, преклонивший колено перед пленной протестантской принцессой, ее вопрос: "как ваше имя?", серые глаза и твердый голос: "Ричард Нортон, ваше королевское высочество".

—Боже мой!—вырвалось у леди Анны.—Пять лет назад! Трактир Мак-Уордена!

—Миледи?—переспросил Флеминг.

Леди Анна и Дик посмотрели друг на друга и одновременно произнесли:

—Неужели это вы?...

Эта короткая сцена не заинтересовала никого, кроме Флеминга. Остальных офицеров больше волновало знатное происхождение Дика. Несколько голосов одновременно задали главные вопросы: почему владения и титул адмирала достались сэру Томасу, и получит ли их Нортон теперь, когда сэр Томас погиб. Юный Сидней вслух размышлял, должны ли они теперь называть Нортона "сэр Ричард"? Убедившись, что Дик не в состоянии участвовать в разговоре, Флеминг взял объяснения на себя.:

—Я имел честь служить сэру Ричарду Болдуин,— начал он.—Я был ему горячо предан и много размышлял над этими вопросами. Безусловно, все, кто был близок к адмиралу, считали Нортона прямым наследником. Ведь адмирал его усыновил. Однако, адмирал, как протестантский лорд, был в немилости у королевы Марии. А благочестивый сэр Томас был к ней приближен и, по слухам, не гнушался любыми ее поручениями. Королева Мария была достаточно сумасбродной, чтобы аннулировать права Нортона в пользу своего верного слуги и ревностного католика. К тому же, на счастье сэра Томаса, именно в этот момент Нортон загадочно исчез,—Флеминг повернулся к Дику.—Зная нравы сэра Томаса мы все считали вас погибшим. Где же вы были, Нортон?

—Полагаю, ни для кого больше не секрет, что я служил во флоте Френсиса Дрейка,—ответил Дик, снова избегая прямых объяснений.

—Но теперь, когда умер сэр Томас, мы можем называть капитана Нортона "сэр Ричард"?—воскликнул неугомонный Сидней.

Флеминг сделал паузу, но увидев, что Дик не собирается отвечать, снова взял слово:

—Я не знаю наверняка, каким образом получил это наследство сэр Томас, но теперь оно, увы, по закону отойдет к его младшему брату.

—Сэру Гаю Болдуину? Он ведь и так достаточно богат!—воскликнул Милтон.

—Человек никогда не бывает достаточно богат,—философски заметил Флеминг.—К тому же сэр Гай в большой милости у королевы Елизаветы.

—Сэр Гай и в самом деле достойный человек,—проговорил Милтон.—Он совсем не похож на старшего брата...

—Но кто же может быть достойнее нашего Нортона!—завершил его мысль Сидней.

Леди Анна чувствовала себя подавленной. Она ни за что не могла бы признаться себе, что в этом разговоре у нее вспыхнула безумная надежда. Она не призналась бы себе и в том, что эта надежда теперь угасла и ее место заняла пустота. Сэр Гай и вправду был достойным человеком, но она не знала людей, которые отказались бы от огромного наследства в пользу призрачной справедливости. Она невольно вздрогнула, услышав голос капитана:

—Мистер Уолси!

—Сэр?

—Поднимается ветер. Вторую вахту по местам. Остальным закрепить шлюпки и убрать палубу.

Глава 23

Через две недели “Ройял Генри” бросил якорь в устье Темзы в военном порту Рочестер, в пятнадцати милях от Вестминстера, где в это время года находилась королева. Комендант Рочестерского порта предоставил леди Анне карету и конную охрану. Та же охрана служила конвоем Дику, которого переправляли в Лондон под надзором Милтона, вместе с рапортом адмирала Ховарда Эффингема.

Дело Дика переходило из ведения адмиралтейства в суд Звездной Палаты. Созданный дедом Елизаветы Генрихом VII, он занимался делами государственной важности и обладал неслыханными полномочиями. Члены палаты назначались королем, чтобы не только судить, но и управлять. Они могли затребовать к себе любое дело, не связывая себя законными процедурами, арестовать и допросить кого угодно, от бесправного бедняка до лорда, и даже применять пытки. У Дика не было бы никаких надежд, если бы Милтон не вез короткую записку от леди Анны, в которой она предупреждала лорда Верховного Судью, что решением по делу Дика может заинтересоваться сама королева.

Прощание с офицерами “Ройял Генри” было неожиданно грустным. За два месяца путешествия эти столь разные по характеру люди стали ей почти родными, и она возмутилась жестокости судьбы, которая сближает людей так сильно, чтобы тут же разлучить навсегда. Не находя слов для прощания, она крепко пожала руки сдержанному капитану Бернсу, хладокровному Уолси, молчаливому Дорсетту, решительному Флемингу и восторженному Сиднею.

—Джентльмены,—произнесла она, сдерживая волнение,—что бы ни случилось, как бы ни повернулись наши судьбы, вы всегда будете желанными гостями в замке Гринфилд.

Ей казалось невероятным, что теперь ей остается только повернуться и уйти.

Она повернулась и ушла.

В Карибском море леди Анна не раз приходила в отчаяние от необходимости ориентироваться и действовать в незнакомой обстановке. Это было для нее самой трудной, почти непосильной частью ее поручения. Она не раз представляла себе возвращение в Англию, в привычный мир, где большинство решений принимаются сами собой, а самые страшные опасности понятны и потому не так уж страшны. Теперь же, глядя из окна кареты на знакомые с детства туманы, зеленые поля, столетние дубы и липы по краям дороги и смутные силуэты замков и церквей, она испытывала совсем другие чувства. Это окружение больше не вмещало ее внутреннего мира и она чувствовала себя здесь почти такой же чужой, как в мире солнца, моря, пальм и далеких силуэтов гор. Она была по-прежнему готова умереть за королеву и за Англию, но она больше не принадлежала им целиком. Она испытывала странное чувство одиночества и пустоты, которую ничем нельзя заполнить.

Следуя за адьютантом королевы по залам и коридорам Вестминстерского дворца и отвечая на улыбки и приветствия придворных, она смотрела на эти с детства знакомые лица совершенно по-новому. Леди Анна не сомневалась, что они преданы королеве не меньше, чем она. Но что они знают о благородстве дезертиров, о детском простодушии испанской солдатни, о бескорыстной преданности пиратского адмирала, о взрывах пороха и пушечных залпах, об одиночестве корабля в открытом океане и о братстве его обитателей, о безнадежной любви...

—Ее величество ждет вас, леди Гринфилд,— прервал ее мысли голос дежурной фрейлины.

При виде знакомой фигуры Елизаветы в кресле у камина все чувства отчужденности и несоответствия окружающему отступили на второй план. Королева поднялась ей навстречу, а леди Анна бросилась вперед и упала на колени.

—Встаньте, сестра,—мягко сказала королева.— Дайте мне вас обнять. Я даже не понимала, как мне вас не хватает.

—А я теперь знаю, что не могу жить без вас, ваше величество,—вырвалось у леди Анны. Комок подступил к ее горлу и она замолчала.

Елизавета знаком отослала фрейлин.

—Садитесь,—сказала она.—Мне кажется, я могла бы проговорить с вами целую вечность.

—С вашего разрешения, ваше величество,—леди Анна отступила на шаг и достала из корсажа тщательно сложенный лист бумаги.

Время внезапно остановилось. Бесконечно-медленными движениями Елизавета взяла письмо, развернула его и застыла.

Чтобы пробежать глазами пятнадцать роковых безрассудных строчек, не требовалось и минуты. Чтобы пережить горечь бессилия, холодную подозрительность сестры, одиночество узницы, страх послужить причиной гражданской войны и отчаяние от гибели друзей и сторонников, не хватило бы и целой жизни.

Елизавета смотрела то на письмо, то на камин, казалось, взвешивая письмо в руках и наконец протянула его леди Анне.

—Я не могу сжечь его,—сказала она.—И не могу держать его у себя. Дворец наводнен шпионами. Сохраните его для меня, сестра.

Глядя прямо в глаза королеве, леди Анна взяла письмо, сделала шаг вперед и бросила письмо в камин.

Елизавета слабо вскрикнула. Пламя мягко зашевелило пожелтевший лист, потом края бумаги начали тлеть, и вдруг письмо ярко вспыхнуло и бесследно исчезло в потоке огня. Только языки пламени продолжали свою бесконечную игру.

Леди Анна молча взглянула на Елизавету и увидела, что королева плачет.

Им подали легкий ужин и снова оставили одних.

—Вы уже знаете,—начала Елизавета,—каким ударом для нас была нелепая гибель Генриха Французского. Нам угрожают католические союзники—Франция и Шотландия. У меня нет денег на полноценную армию. Но теперь, когда письмо уничтожено, я могу заключить союз с протестантами Шотландии.

—Надежные ли они союзники, ваше величество?— спросила леди Анна, вспомнив шотландских дезертиров во флоте Дрейка.

—По счастью, я им нужнее, чем они мне,— ответила Елизавета.—Хотя, если бы письмо попало к ним, эти фанатики возненавидели бы меня сильнее, чем Папу Римского.

—Правда ли, что Испания предательски помирилась с Францией?—спросила леди Анна.

—Это только развязало мне руки. Теперь я могу выполнить заветное желание отца и окончательно разорвать с Римом. Ваш приезд—настоящее спасение.

—Благодарю вас, ваше величество.

—Однако, оставим на время заботы о государстве. Я бы хотела позаботиться о вас, сестра.

—Ваше величество,—начала леди Анна.— Разрешите просить вас спасти человека, благодаря которому ваше поручение было выполнено.

—Вашего слова достаточно, — ответила Елизавета.—Этот человек может рассчитывать на мою помощь и благосклонность. Однако, вернемся к вашей судьбе. Господу Богу угодно было обречь женщину на замужество. И у меня для вас есть великолепный жених.

—Ваше величество...

—Он молод, хорош собой, богат, блестящий военачальник, галантный дворянин и преданный слуга. Его имя—сэр Гай Болдуин. Он станет во главе войск, которые я посылаю в Шотландию, и у нас с вами будет время позаботиться о венчальном наряде.

—Прошу вас, ваше величество,—взмолилась леди Анна.—Я бы хотела, подобно вам, никогда не выходить замуж.

—Дайте мне угадать. Вы влюблены в другого?

—Нисколько, ваше величество,—с излишней горячностью воскликнула леди Анна.

—Ну, тем не менее, расскажите о том человеке, которому нужно помочь. Он молод? Знатен? А впрочем, расскажите о путешествии с самого начала. Мне всегда так хотелось в Карибское море,—Елизавета уселась поудобнее и в ее глазах зажегся веселый огонек.

Глава 24

Пленники Звездной Палаты были удостоены особой чести—их содержали в Тауэре. Солидные сопроводительные письма и горячие заверения Милтона обеспечили Дику удобное, если и не уютное помещение. Из окна он мог видеть тот самый двор, где казнили в свое время трех королев—Анну Болейн, Екатерину Ховард и леди Джейн Грей. Впрочем, Дику не довелось слишком долго наслаждаться этим пейзажем. На следующее утро за ним приехала карета без гербов, достаточно закрытая для перевозки арестанта, хотя и слишком роскошная для этой цели. Дику принесли новую одежду, и вскоре карета уже мчалась на восток, в сторону Вестминстера, под охраной шести конных гвардейцев.

Дика не заковали в кандалы, однако, два конвоира сели в карету вместе с ним. Спрашивать их о чем-либо было бесполезно. Впрочем Дик и так хорошо знал, что Звездная Палата заседает где-то в Вестминстере. Собственная судьба его больше не занимала и он предался мрачным мыслям о будущем, где ему нечего было бояться и ждать.

Дик ничуть не удивился, когда карета остановилась перед Вестминстерским дворцом. Звездная Палата могла заседать и здесь. Однако, блеск коридоров и зал, спокойная неприступность вельмож и снисходительное любопытство придворных дам напомнили ему о той пропасти, которая лежит между ним и его мечтой. Для леди такого ранга замужество—вопрос государственной политики, и она не вольна распоряжаться своей судьбой.

Дик почти не замечал, как его множество раз передавали с рук на руки, от одной стражи к другой, пока он не оказался перед огромными плотно закрытыми дверями. Пышно одетый придворный тщательно и бесцеремонно осмотрел его с ног до головы, поправил ему воротник и трижды стукнул в дверь. Двери распахнулись и вельможа провозгласил:

—Мистер Ричард Нортон!

Зал ослепил Дика, как ослепляет солнце после темного трюма. Вместо Звездной Палаты он очутился в Тронном зале. На возвышении, всего в двадцати шагах от него, сидела королева Елизавета.

Дик невольно встретился с ней глазами и словно перенесся на пять лет назад, в трактир возле Тауэра. Он снова ощутил себя беспечным мальчишкой, сыном адмирала и верным слугой Елизаветы. Теперь он точно знал, как себя вести. Он размеренным шагом приблизился к трону и опустился на одно колено. Елизавета встала.

—Сэр Гай Болдуин, — обратилась она к темноволосому молодому человеку, стоящему слева от трона.—Дайте мне вашу шпагу.

Она спустилась со ступеней трона, взяла протянутую шпагу и подошла к Дику.

Глядя на его склоненную голову, Елизавета ощутила странное волнение. Она застыла на несколько секунд. Лицо ее было непроницаемо. Затем, уверенно держа шпагу, она прикоснулась клинком к плечу Дика и мягко сказала:

—Встаньте, сэр Ричард Болдуин.

В полной тишине Дик поднялся на ноги. Елизавета повернулась к придворным и объявила:

—Господа, представляю вам сына и единственного наследника лорда Ричарда Болдуин. Его считали без вести пропавшим и только что судьба возвратила его нам.

По ее знаку в зале началось движение.

Первым к Дику подошел сэр Гай. На его лице светилась искренняя радость.

—Счастлив познакомиться с вами, кузен,—молодые люди обнялись.

Через плечо сэра Гая Дик увидел леди Анну. Королева перехватила этот взгляд:

—Какие блестящие молодые дворяне, не правда ли, сестра?—сказала она. И, после легкой паузы, добавила:—Как жаль, что вы, как и я, решили никогда не выходить замуж.

ЭПИЛОГ

Бракосочетание лорда и леди Болдуин состоялось месяц спустя в Вестминстерском соборе. Посаженной матерью была сама королева, а посаженным отцом — дядя новобрачной, первый министр лорд Вильям Сесиль. Молодые супруги поселились в замке Гринфилд. Еще через месяц в часовне замка состоялось венчание Питера и Дженни Мак-Уорден. Они поселились в западном крыле замка. Питер, не раз доказавший свои блестящие способности, был назначен управляющим поместья Гринфилд.

Дик избегал замка Болдуин, страсть к обладанию которым послужила причиной жестокости сэра Томаса. По счастью он не избегал доходов с родового поместья к великому удовольствию его нового управляющего, Эндрю Скотта, вернувшегося в Англию с молодой женой, известной в девичестве под именем Молли Сандерс.

Дик и леди Анна отказались от придворных должностей, но большую часть времени проводили при королеве. Дик стал незаменимым для нее благодаря тем же качествам, которые прославили его во флоте Дрейка. Ему поручались дела, невыполнимые по заведенному порядку. Когда нужно было одновременно заключить союз с Францией против Испании, поддержать оружием французских мятежников-гугенотов и отклонить сватовство к королеве герцога Алансонского, брата французского короля, Дик провел корабль с оружием через французскую блокаду, продолжил путь в Париж, убедил Генриха III в выгодах союза с Англией и отказал герцогу Алансонскому в столь деликатных выражениях, что вельможа остался в восторге от английского посланника.

Леди Анна осталась наперсницей Елизаветы, которая, как всякая королева, нуждалась в защите от одиночества, и выполняла нелегкую миссию говорить королеве правду. Единственная правда, которую королева никогда не узнала, было местонахождение сокровищ королевы Марии, похищенных доном Диего Торредес. Чтобы успокоить свою совесть, леди Анна подарила королеве, знатоку и любителю драгоценностей, изумрудное ожерелье, полученное от прекрасной сеньоры Аррендес. Это ожерелье долгое время украшало сокровищницу английских королей и только в XX веке исчезло непостижимым образом.

Френсис Дрейк продолжал свою головокружительную карьеру. Испанцы называли его великим вором неизведанного мира, а королева— своим пиратом. Она была неофициальной пайщицей в предприятиях Дрейка и он принес Англии и королеве огромные богатства. Спустя примерно 20 лет Елизавета посвятила его в рыцари с той же театральностью, что и Дика. Вскоре после этого лорд Ховард Эффингем и сэр Френсис Дрейк возглавили флотилию, разгромившую Великую Армаду— огромный испанский флот, посланный для захвата Англии. Одним из английских кораблей командовал Дик, попросивший у королевы дозволения еще раз выступить под началом Дрейка. Другим кораблем командовал Кривой Джо, дослужившийся к этому времени до ранга капитана. Их три корабля были единственными, кто захватил в сражении с Армадой богатую добычу—галион "Нуэстра сеньора дель Розарио", несущий на себе казну испанской эскадры.

Большинство соратников Дика остались на службе у Дрейка. Кроме Скотта в Англию вернулся только

Лонгворд. Благодаря придворным связям, он получил место смотрителя королевских оранжерей в Гринвиче, осуществив свою давнюю мечту заняться ботаникой. Придворные связи оказались ключом к счастью и для Нуньоса да Сильва. Будучи изгоем в своей стране, он поселился в Англии и стал хранителем карт в королевском адмиралтействе.

Из офицеров "Ройял Генри" примечательна судьба юного лейтенанта Сиднея. Он был замечен королевой во время смотра военного флота и сразу же превратился из скромного лейтенанта в чрезвычайно близкого друга Ее Величества и блестящего офицера адмиралтейства. На удивление всем он проявил недюжинные деловые способности и его покровительница по праву им гордилась. Однако, мечты о сражениях продолжали его преследовать и в начале войны с Испанией он бежал из Лондона в Плимут, чтобы присоединиться к эскадре Дрейка. Его вернули в Лондон под конвоем по приказу королевы, которая, впрочем, вскоре простила его.

Канонир Джон Флеминг вышел в отставку через пять лет после памятной поездки на "Ройял Генри". Уступая просьбам своего ученика и любимца, Флеминг поселился в замке Гринфилд. Он возглавил охранявшие поместье вооруженные отряды, которые в те годы должен был иметь каждый вельможа. Верный своему призванию, Флеминг обучал также юных сыновей и дочерей лорда Болдуин фехтованию и воинскому искусству.

В замке Гринфилд был флигель, который слуги называли "Вест-Индия". В нем останавливались старые друзья Дика и леди Анны, которые могли приезжать, когда им вздумается. Если в поместье в это время находились хозяева, то по вечерам они собирались у камина и подолгу вспоминали о взрывах пороха и пушечных залпах, об одиночестве корабля в открытом океане и о братстве его обитателей, о смертельных опасностях и счастливой любви.

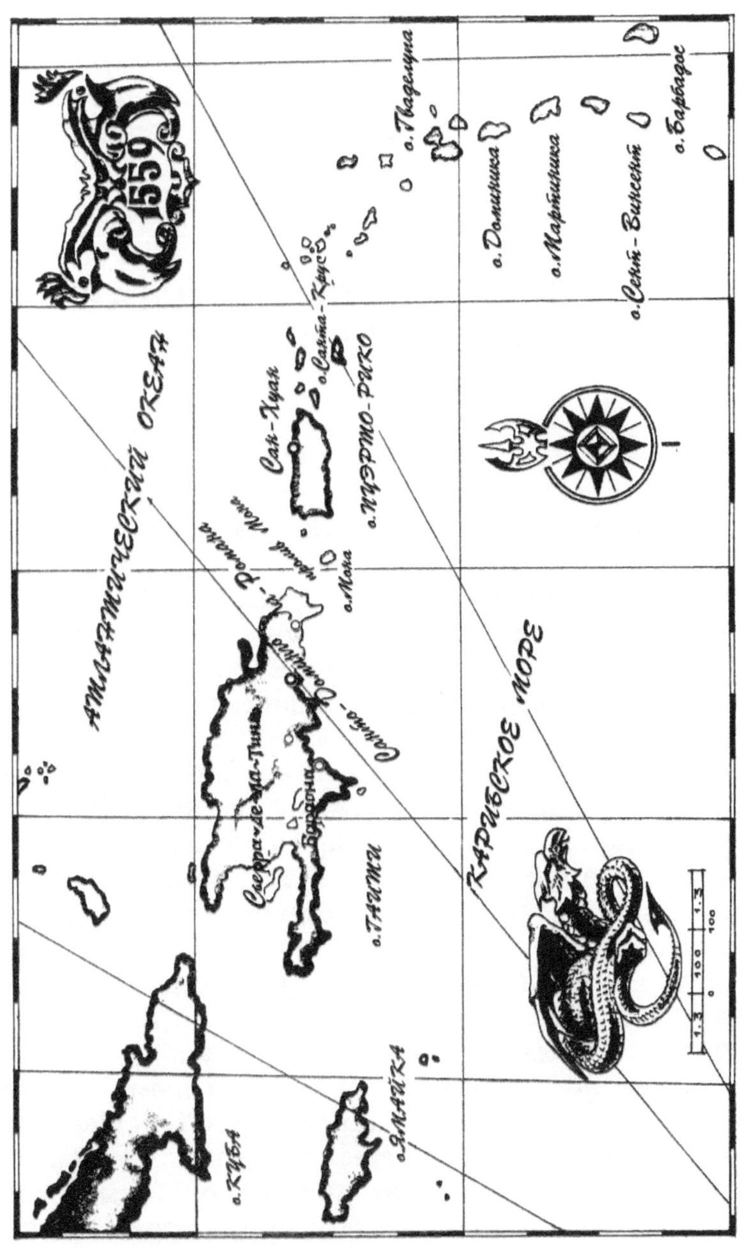
1550
АТЛАНТИЧЕСКИЙ ОКЕАН
о.Гваделупа
о.Доминика
о.Мартиника
о.Сент-Винсент
о.Барбадос
Санта-Крус
Сан-Хуан
о.Сен-Жермен
Ромеро
Сильвер
о.Мона
Сьерра-де-Ла-Тина
Бонония
о.ГАИТИ
КАРИБСКОЕ МОРЕ
о.КУБА
о.ЯМАЙКА
1.3   100   100   0   1.3

Энн Порридж, Вик Порридж

ИСТОРИЧЕСКИЙ КОММЕНТАРИЙ ПЕРЕВОДЧИКА

Сестры Энн и Вик Порридж написали этот любовно-приключенческий роман в духе Дюма и Сабатини, не без некоторого подражания последнему. Исторический фон романа—необъявленная война за сокровища Нового Света между английскими пиратами и испанцами в Карибском море, эпоха Возрождения и раскол церкви в Европе.

Действие романа развертывается в 1559 году, в начале "елизаветинской эпохи" — овеянного героической легендой царствования английской королевы Елизаветы I. Завязка романа происходит пятью годами раньше в царствование ее старшей сестры, Марии Кровавой. В роман вплетены подлинные исторические события—от поворотных моментов истории до сражений, писем и придворных интриг. Авторы пишут о них, не вдаваясь в объяснения, поскольку английский читатель детально изучает эти времена еще в школьные годы. К изданию же перевода кажется целесообразным добавить краткий исторический комментарий, даже если большая часть исторических фактов известна читателю хотя бы из литературы—от Шекспира до Вальтера Скотта. Для некоторых читателей данный комментарий может содержать сведения, которые всегда хотелось, но так и не нашлось времени узнать.

Война Алой и Белой Роз, 1455—1485.

Так называлась война за английский престол между династиями Ланкастеров и Йорков— потомками двух сыновей короля Эдуарда III, правившего с 1327 по 1377 гг. Алая роза была символом Ланкастеров, Белая—Йорков. Во всей истории Англии не было столь жестокой и опустошительной гражданской войны. Она закончилась объединением воюющих династий. В 1485 г. Генрих Тюдор, герцог Ричмондский, наследник Ланкастеров по женской линии, победил в сражении при Маркет Босуорт короля Ричарда III из династии Йорков. Он стал первым королем династии Тюдор и женился на наследнице Йорков, принцессе Элизабет.

Династия Тюдор.

Годы царствования:

1485—1509—Генрих VII. Женился в 1486 году на Елизавете Йоркской. Дети: Артур (умер при жизни отца в 1502 году), Генрих, Маргарет (впоследствие королева Шотландии) и Мария.

1509—1547—Генрих VIII, второй сын Генриха VII. Он был женат шесть раз (см. ниже). Дети: Мария, Елизавета и Эдуард.

1547—1557—Эдуард VI, сын Генриха VIII и Джейн Сеймур. Умер в 16 лет, не оставив наследников.

1553—1553—Леди Джейн Грей, внучка Генриха VII, дочь принцессы Марии. Пыталась занять престол в обход общепризнанной наследницы Марии, дочери Генриха VIII и Екатерины Арагонской. Царствовала 9 дней, свергнута и казнена в 1554 году.

1553—1558—Мария I "Кровавая". Дочь Генриха VIII и Екатерины Арагонской. Замужем за Филиппом II, королем Испании.

1558—1603—Елизавета I. Дочь Генриха VIII и Анны Болейн. Замужем не была.

Шесть жен Генриха VIII.

Мы скажем о них несколько слов, поскольку семейная история Генриха VIII имеет прямое отношение к событиям романа.

Первая жена, 1509—1533—Екатерина Арагонская. Вдова Артура, старшего брата Генриха VIII, дочь испанского короля Фердинанда. Единственный оставшийся в живых ребенок—Мария, будущая королева Мария I, Кровавая. Потеряв надежду на сына-наследника после множества неудачных беременностей королевы, Генрих VIII настоял на признании брака недействительным. Однако, Папа Римский отказался утвердить развод. Это привело к резкому конфликту Генриха с католической церковью и ускорило переход Англии в протестантство.

Вторая жена, 1533—1536—Анна Болейн. Их единственный ребенок—будущая королева Елизавета I. Вновь потеряв надежду на сына после нескольких неудачных беременностей Анны, Генрих VIII казнил ее по скорее всего ложному обвинению в супружеской измене.

Третья жена, 1536—1537—Джейн Сеймур. Джейн родила королю долгожданного наследника, будущего короля Эдуарда VI. Имея, как и ее сын, слабое здоровье, она умерла от болезни вскоре после его рождения, пробыв на троне всего восемнадцать месяцев.

Три другие жены Генриха VIII не относятся к содержанию романа, но мы перечислим их ради любознательного читателя.

Четвертая жена, 1539—1540—Анна, принцесса Клевская, из севергерманского протестантского княжества. Генрих VIII женился на ней заочно из политических соображений, чтобы приобрести союзника против католических Франции и Испании. Увидев новобрачную, король счел ее столь непривлекательной, что немедленно потребовал развода и даже казнил за государственную измену своего первого министра Кромвелла, устроившего этот брак.

Пятая жена, 1540—1542—Екатерина Ховард. Она была на 27 лет моложе Генриха и с детства влюблена в молодого придворного Кульперера. Казнена в 1542 году за супружескую измену.

Шестая жена, с 1543 г.—Екатерина Парр. Сердечная и образованная вдова, заменившая мать юным принцу и принцессам. Под ее влиянием Генрих приблизил к себе свою дочь Елизавету, которую долго держал в немилости из неприязни к ее матери Анне Болейн. Екатерина Парр очень помогла Генриху в последние годы, когда его здоровье ухудшилось и усилилась болезнь, из-за которой, по-видимому, потерпели неудачу надежды Генриха иметь здорового наследника. Екатерина пережила Генриха VIII и вышла замуж за адмирала Томаса Сеймура.

Католики и протестанты.

В XVI веке в Европе разгорелось движение протеста против господствовавшей тогда католической церкви. В начале этого движения роль искры в пороховой бочке сыграло драматическое выступление августинского монаха, профессора теологии Мартина Лютера. В 1517 году в канун праздника всех святых он прибил на дверях Виттенбергского собора рукопись, содержавшую 95 "тезисов" с яростными разоблачениями церковных властей.

Поначалу протесты касались нравственного падения служителей церкви и злоупотреблений при продаже церковных должностей и торговле отпущением грехов. Однако движение быстро стало политическим, обратившись против огромного богатства церкви и ее вмешательства в политику, особенно со стороны Папы Римского. Он считался непогрешимым и ставил себя выше королей не только в духовных, но и светских делах.

В ходе этого движения, получившего название протестантского, от католической церкви откололись многочисленные вероисповедания, неофициально также называвемые протестантскими. Протестанты считали, что церковные обряды должны быть проще, сама церковь беднее, а ее светская власть ограничена или вовсе уничтожена.

Борьба католиков и протестантов вызвала политический раскол в западной Европе, опустошительные войны между католическими и протестантскими государствами и внутренние междоусобицы, страшным примером которых являются Варфоломеевская ночь и деяния Святой Инквизиции.

Генрих VIII при жизни старшего брата готовился к церковной карьере и поначалу был ревностным католиком. Он даже получил от Папы Римского титул защитника веры за книгу с возражениями Лютеру.

Однако, став королем, Генрих VIII вскоре возглавил реформацию в Англии. Он конфисковал церковные земли и объявил, что английская церковь не зависит от Папы Римского и возглавляется английским монархом. Начало этих реформ ускорили личные мотивы. Генрих хотел быстрого развода с Екатериной Арагонской в надежде, что другая жена даст ему наконец сына-наследника. Однако, Папа Римский, в угоду испанскому королю, главной опоре католицизма, отказался аннулировать брак с испанской принцессой.

Их дочь, Мария I, была воспитана католичкой и ненавидела английское протестантство. За пять лет своего правления она сожгла на кострах триста протестантов, пытаясь вернуть Англию в католичество. Ее фанатизм был, по-видимому, искренним, хотя, отчасти, она и мстила за унижение своей матери.

Мария Стюарт.

В романе упоминается, что престол Елизаветы оспаривала шотландская и французская королева Мария Стюарт. Это была правнучка Генриха VII, внучка его дочери Маргарет, вышедшей замуж за шотландского короля Джеймса IV Стюарта. Мария Стюарт унаследовала престол Шотландии в 1542 году. В 1559—1560 гг. была также королевой Франции, женой Франциска II. Она называла себя и английской королевой, поскольку католическая церковь не признала ни развода Генриха VIII с его первой женой Екатериной Арагонской, ни, тем самым, его женитьбы на Анне Болейн, матери Елизаветы. Папа Римский объявил, что Елизавета рождена вне законного брака и не имеет прав на престол. Тем самым, единственной законной наследницей английского трона, объявлялась правнучка Генриха VII, Мария Стюарт.

Напомним окончание этого конфликта, хотя оно уже не относится к роману. Мария Стюарт была ревностной католичкой. Протестантский мятеж в Шотландии в 1568 году вынудил ее бежать в Англию, где она стала пленницей Елизаветы. Она содержалась в замке под стражей и 19 лет спустя была казнена по приговору английского суда за участие в заговоре против Елизаветы. На шотландском троне Марию Стюарт сменил ее сын Джеймс VI, протестант. После смерти Елизаветы он мирно унаследовал и английский престол под именем Джеймса I, объединив Англию и Шотландию. В русской литературе его имя иногда переводится как Яков.

Пираты.

В те времена это была почти законная профессия. С разрешения своего правительства английские и французские пираты снаряжали за собственный счет вооруженные корабли, чтобы независимо от государственного флота участвовать в войне и заодно грабить корабли и поселения противника. Соответственно и назывались они поначалу не пираты, а "приватиры". На русский язык это точнее всего переводится как "те, кто действует на свой страх и риск". Часть добычи по договору принадлежала государству, остальное делилось между пиратами и теми, кто финансировал их экспедиции. В период мира пираты были обязаны прекратить нападения но, как правило, продолжали их при благосклонном попустительстве законных властей. Многие коммерсанты и аристократы Англии, и даже сама королева, были пайщиками в экспедициях пиратов.

Френсис Дрейк был самым выдающимся приватиром. Он сыграл большую роль в формировании английского военного флота, был одним из творцов победы над Великой Испанской Армадой и приносил Англии и королеве огромные доходы. Его пайщики не раз получали 50—100—кратную прибыль. Дрейк прославился как великий мореплаватель, проложивший много морских путей. Он первым из англичан, совершил кругосветное путешествие.

Историческая достоверность романа.

В жанре исторического романа допускается перемешивать реальность и фантазию, перенося героев и события из одного времени в другое. Сестры Порридж удивительно точно воспроизводят большинство вплетенных в повесть исторических фактов, которые в те времена нередко были фантастичнее самых несдержанных вымыслов. Так, Френсис Дрейк однажды захватил со шлюпок в гавани двенадцать кораблей, но авторы романа видимо посчитали, что такой факт вызовет недоверие читателей и сократили число захваченных кораблей до четырех.

Относительно заметный анахронизм касается самого Френсиса Дрейка. Фактически он стал командовать эскадрой в 1577 году, на 18 лет позже событий романа. В 1559 году Дрейку было 17 лет и лишь восемь лет спустя он получил в командование свой первый корабль "Юдифь". Образ Дрейка в романе наделен некоторыми чертами его учителя и наставника Джона Хоукинса. Строгие критики считали, что сестры Порридж должны были слегка изменить фамилию своего героя, избегая прямых исторических аналогий, например, назвать его Френсис Грейг. Однако, авторы, по-видимому, решили не отказывать английскому читателю в удовольствии видеть имя любимого с детства героя.

Критики указывали и на мелкие анахронизмы. Так, в те времена возможно еще не было термина "консул" и соответствующая должность называлась "представитель". Романтический сэр Филипп Сидней, фаворит Елизаветы, в действительности служил не во флоте, а в артиллерийском интендантстве. Географические названия заменены в романе на современные, принятые в Англии, чтобы читателю было легче в них ориентироваться. Численность охраны принцессы Елизаветы в Тауэре, скорее всего, сильно преувеличена. Пистолеты, в то время только что появились и были менее удобным оружием, чем это может показаться из романа. Наконец, остается открытым весьма спорный вопрос—были ли известны в Англии тех времен говорящие попугаи? Многие авторитеты считают, что в Европе XVI века их распространение ограничивалось Испанией, Италией и, с меньшей достоверностью, Португалией.

Об авторах

Энн и Вик Порридж—литературные псевдонимы Анны Кашиной и Владимира Исааковича Кейлис-Борока, внучки и дедушки, которые написали этот роман в начале 80-х, когда Аня училась в школе. Анна стала профессором биологии и работает в Соединенных Штатах Америки. Кроме того, Анна продолжает писать книги и опубликовала несколько романов на английском языке. В. И. Кейлис-Борок—всемирно известный геофизик и прикладной математик, разработавший первые успешные методы предсказания землетрясений, социально-экономических кризисов и поведения комплексных систем.

Этот роман—память о самых счастливых временах их жизни.